PANINI BOOKS

In der Buchreihe „Sternentänzer“
sind bisher erschienen:

Band 1: Das Rätsel um den weißen Hengst
Band 2: Das geheimnisvolle Mädchen
Band 3: Weißer Hengst in Gefahr
Band 4: Caro unter Verdacht
Band 5: Rettung für Lindenhain
Band 6: Bedrohung für den weißen Hengst
Band 7: Letzter Auftritt des weißen Hengstes?
Band 8: Der unheimliche Pferdehof
Band 9: Zeit der Entscheidung
Band 10: Hoffen und Bangen in Lilienthal
Band 11: Silbersterns Geheimnis
Band 12: Abschied mit Folgen
Band 13: Caro und das Mädchen im Moor
Band 14: Ponys in Not
Band 15: Eine rätselhafte Vision
Band 16: Das Geheimnis der Schlossruine
Band 17: Caro und die weiße Stute
Band 18: Die Botschaft des weißen Hengstes
Band 19: Achterbahn der Gefühle
Band 20: Die geheimnisvollen Briefe
Band 21: Eine unglaubliche Entdeckung
Band 22: Ein verhängnisvolles Erbe

Sternentänzer

Zeit der Entscheidung

Lisa Capelli

Band 9

PANINI BOOKS

Die Deutsche Nationalbibliothek verzeichnet diese Publikation
in der Deutschen Nationalbibliografie; detaillierte bibliografische Daten
sind im Internet über http://dnb.d-nb.de abrufbar.

Dieses Buch wurde auf chlorfreiem, umweltfreundlich hergestelltem Papier gedruckt.

Sternentänzer, Band 9 – Zeit der Entscheidung

Chefredaktion: Claudia Weber
Redaktion: Sonja Wittlinger
Lektorat: Helga Kronthaler
Umschlag: tab indivisuell, Stuttgart
Fotos: © Sorrel; mauritius images
Satz: CB Fotosatz & Werbeproduktion GmbH, Fellbach
Druck: CPI – Ebner & Spiegel, Ulm
ISBN: 978-3-8332-1379-3

www.panini.de

Zeit der Entscheidung

In einer stürmischen Vollmondnacht schlägt ein Blitz in eine jahrhundertealte Eiche ein und eine Sternschnuppe fällt vom Himmel. Im gleichen Moment wird ein wunderschöner Schimmel mit einem kleinen schwarzen Stern auf der Stirn geboren.

Ein Liebesgeständnis und seine Folgen

Es gibt Tage, da wacht man auf und hat ein ganz merkwürdiges Gefühl im Bauch, ohne sich sofort daran erinnern zu können, was zuvor geschehen war. So einen Tag hatte Carolin Baumgarten, genannt Caro, an diesem Morgen. Der Wecker klingelte, ein vorwitziger Sonnenstrahl spitzte durch das Fenster und kitzelte sie an der Nase. Sie streckte sich und rieb sich den Schlaf aus den Augen. Alles schien wie immer. Doch das war es ganz und gar nicht.

Ferdi! Carolin ließ sich ins Kissen zurückplumpsen. Ferdinand Reifenbach, ihr lieber Kumpel, hatte ihr seine Liebe gestanden. Sie schloss die Augen und sah ihn wieder vor sich, wie er mit hochrotem Kopf vor ihr stand und verlegen „Ich hab mich in dich verliebt“, stammelte. Carolin seufzte.

„Und ich hab die ganze Zeit nichts gecheckt“, murmelte sie vor sich hin und zog die Bettdecke bis zu den Ohren. „Gar nichts. Null! Ferdi war immer Ferdi. Einfach Ferdi. Nicht mehr und nicht weniger.“ Alles war zunächst perfekt gewesen an diesem Abend, der dann doch so viel verändern sollte. Es hatte ein großes Picknick auf Lindenhain gegeben. Vor Carolins geistigem Auge tauchte Lindenhain auf: Der schönste Reiterhof der Welt erhob sich auf einem sanften, grünen Hügel zwischen großen, knorrigen, alten Linden. Er bestand aus einem langen, hellgelben Stall mit blauen Türen und einem Auslauf davor, einem Reitplatz, einem großen Paddock mit blauem Holzzaun, einer Reithalle und dem Haupthaus. Seit kurzem gehörte noch ein hübsches, zweistöckiges Ferienhaus mit grünen Fensterläden und einer Holzterrasse dazu. Alle waren an diesem Abend nach Lindenhain gekommen, um dort die Rettung der blinden Stute Esperanza zu feiern. Und dann hatte dieser Blödmann mit seinem Geständnis alles kaputtgemacht. *Warum, Ferdi?* Carolin trommelte vor Wut mit den Fäusten auf die Bettdecke. *Wir waren mal Freunde. Und jetzt?*

Die Tür ging auf und ihre Mutter steckte den Kopf herein. „Caro, wo bleibst du denn?“, drängelte sie.

„Jaja“, knurrte Carolin und boxte mit den Füßen ihre Bettdecke weg. Sie schlich ins Bad, wusch sich das Gesicht und fuhr mit der Bürste durch ihr kurzes kräftiges dunkles Haar. Dann stemmte sie sich auf das Waschbecken und blickte prüfend in ihre haselnussbraunen Augen. Alles war wie immer. Jede Sommersprosse saß am gleichen Fleck, der widerspenstige Haarwirbel vergnügte sich fröhlich rechts außen an ihrer Stirn. Alles wie immer. Beinahe.

„Carolin!“

„Ja, Mam.“ Carolin streckte ihrem Spiegelbild die Zunge heraus, schlüpfte in ihre Jeans, zog sich ein Shirt über den Kopf und eilte nach unten.

Ines Baumgarten, ihre Mutter, hatte in der Küche schon eine Schale mit Schokomüsli bereitgestellt. „Beeil dich, damit du nicht zu spät kommst! Und hast du auch deine Hausaufgaben gemacht?"

Carolin verdrehte die Augen. Neuerdings kontrollierte Ines sie häufig. „Vertrauen ist gut, Kontrolle ist besser", pflegte sie dabei zu sagen.

„Alles paletti! Darf ich also netterweise erst noch frühstücken?"

Ines legte die Hand auf Caros Schulter. „Ich will dich nicht gängeln, Caro. Aber du hast mir versprochen, mehr für die Schule zu tun. Ich will einfach nur sicher sein, dass du dich daran hältst und deine Noten besser werden, besonders in Mathe."

„Aber ..."

„Nichts aber. Wir wollen doch beide, dass ich dir nicht dein geliebtes Lindenhain verbieten muss, oder?"

„Hm!"

„Sobald ich Erfolge sehe, hast du auch wieder mehr Freiheit."

„Hm." *Lindenhain verbieten.* Carolin rührte so heftig in ihrem Müsli, dass die Schokopops hin und her schwappten wie Segelboote bei heftigem Sturm. *Na ja! Wenn mein geliebter Sternentänzer nicht dort wäre, könntest du mir Lindenhain heute und morgen und übermorgen ruhig verbieten,* dachte Carolin. *Zumindest so lange Ferdi im Gästehaus wohnt.*

„Pass doch auf, Caro, du machst den ganzen Tisch schmutzig!"

Carolin hielt den Löffel an. *So was von peinlich! Wie soll ich Ferdi nur je wieder in die Augen schauen?* Sie schob die Müslischale weg. Hunger hatte sie ohnehin keinen. Ihr Magen war wie zugeschnürt. Erst Mathe, dann Ferdi. Auf so einen Tag konnte sie wahrlich verzichten.

Ich muss unbedingt mit Lina darüber sprechen, beschloss Carolin, während sie zur Schule radelte. Lina war zwar auch auf dem Picknick gewesen, doch von Ferdis Geständnis hatte sie nichts mitbekommen. Höchste Zeit, die beste Freundin einzuweihen und um Rat zu fragen! Seltsamerweise stand die Bahnschranke, die den Ort Lilienthal in zwei Hälften teilte, sperrangelweit offen. Sie war eins von Carolins Orakeln. Eine geschlossene Schranke bedeutete Unheil im Anmarsch, eine offene Schranke hingegen sagte einen guten Tag voraus. Doch dieser Tag hatte ja wohl alle Vorzeichen, ein richtig schlechter zu werden. Na ja, auch Orakel konnten sich mal irren. Mit dem letzten Gongschlag wischte Carolin in das Klassenzimmer.

In der großen Pause packte sie ihre beste Freundin an der Hand und zog sie in eine ruhige Ecke des Schulhofs.

Carolin holte tief Luft. „Lina, ich muss ganz dringend mit dir reden", begann sie.

„Hm", machte Lina, blickte dabei aber suchend im Schulhof umher.

„Wir hatten doch gestern dieses Picknick ..."

„Ja, war total nett."

„Da ist noch was passiert ..."

„Was denn?", murmelte Lina geistesabwesend. „Sag mal, siehst du Thorben irgendwo?", setzte sie dann auch gleich nach. Lina und Thorben, der Sohn von Dr. Sander, dem Tierarzt von Lindenhain, waren seit einigen Monaten zusammen.

„Stell dir nur vor, Ferdi hat mich in eine ruhige Ecke geschleift ...", erzählte Carolin aufgeregt weiter.

„Grrrr! Ich krieg einen Anfall, wenn er wieder mit dieser Heike rumquatscht", unterbrach Lina sie gleich.

„Ferdi?"

Lina stieß Carolin in die Seite. „Doch nicht Ferdi. Thorben!" Ihre grünen Augen blitzten zornig. „Findest du nicht, dass er zurzeit ständig mit den anderen Mädels rumhängt?"

Carolin holte tief Luft. „Stell dir vor, Lina, Ferdi hat ..."

„Da ist er ja!" Lina zeigte mit dem Arm Richtung Schultür. Dann drehte sie sich zu Carolin. „Kannst mir ja nachher erzählen, ich muss mal eben zu Thorben." Und schwups, weg war sie!

Na toll! Super. Danke, Lina. Wie war das noch mit den besten Freundinnen? Denen kann man alles erzählen, die sind für einen da, wenn es nötig ist. Immer. Danke, Lina.

Normalerweise stürmte Carolin mit dem letzten Gongschlag aus der Schule, schwang sich auf ihr Fahrrad und radelte so schnell wie möglich nach Lindenhain, um nur keine einzige wertvolle Sekunde zu verschwenden. Heute nicht. Gemächlich trottete sie aus der Schule, zog ein Taschentuch aus ihrer Schultasche und wischte erst mal über ihr Lenkrad, über das Schutzblech und die restlichen Chromteile. Eigentlich war es ihr schnurzpiepegal, wie staubig ihr Rad war. Und da sie über Wald- und Wiesenwege radelte, war es auch nie besonders sauber. Carolin schnallte ihre Schultasche fest, setzte sich auf den Sattel und ließ unschlüssig ihre Beine hin und her pendeln.

Warum muss Ferdi auch noch ausgerechnet auf Lindenhain wohnen? Warum konnte er nicht in Berlin sein? Was, wenn er jetzt gleich erwartungsvoll angelaufen kommt und eine Antwort von mir erwartet? Carolin nahm die Schultern zurück und setzte sich entschlossen in Bewegung. Augen zu und durch! Ein Leben lang Lindenhain und Ferdi meiden war auch keine Lösung.

Doch bevor sie ihr Rad in die Einfahrt nach Lindenhain rollen ließ, hielt sie kurz an. Sie spitzte in den Hof. Ihr Herz schlug wie ein Presslufthammer. Hofhund Herr Maier lag friedlich vor seiner Hütte, Hundedame Carolina war nur wenige Meter entfernt von ihm und Hofkatze Eulalia saß drüben auf der Wiese reglos vor einem Mausloch. Alles war wie immer. Und weit und breit kein Ferdi zu sehen. Die Tür zum Ferienhaus war geschlossen, hinter den Fenstern schien sich nichts zu bewegen.

Rasch stellte Carolin ihr Rad ab und sputete zum Stall. Als ihr der Geruch von Pferden in die Nase stieg und sie das Geschnaube der Tiere hörte, wurde sie gleich etwas ruhiger. Sie flitzte die Stallgasse entlang zu ihrem über alles geliebten Pferd. Sternentänzer wieherte ihr freudig zu, als sie seine Box betrat.

„Hallo, mein Süßer." Carolin strich dem mondhellen Araberhengst zärtlich über die Nüstern, legte ihren Kopf gegen sein weißes, seidenweiches Fell. Wie immer, wenn sie ihrem schönen Pferd so nah war, verspürte sie innere Ruhe und Glücksgefühle. „Ach mein Sternentänzer." Carolin seufzte tief. „Ich bin so froh, dass ich dich habe." Mit dem prächtigen weißen Pferd, das eine ganz besondere Gabe besaß, hatte Carolin schon viele Abenteuer bestanden. Sternentänzer schnupperte über ihr Gesicht, seine Barthaare kitzelten sie. Carolin begann zu kichern: „Hör auf, das kitzelt!"

Doch Sternentänzer machte weiter, als wolle er genau das: sie zum Lachen bringen. Immer noch kichernd hielt Carolin ihn schließlich fest. „Hast du Lust auszureiten, mein Süßer?"

Als habe Sternentänzer verstanden, warf er seinen eleganten Hals zurück und schnaubte laut. Geschwind holte Carolin Sattel und Zaumzeug aus der Sattelkammer und führte wenig später ihr Pferd gesattelt und aufgezäumt die Boxengasse entlang.

„Pscht", raunte sie Sternentänzer dabei zu. „Leise. Wir wollen doch unsere Ruhe haben. Wir wollen allein sein." *Nicht dass Ferdi am Ende noch mitreiten will,* ergänzte sie in Gedanken.

Da öffnete sich vor ihrer Nase die Stalltür. Carolin zuckte zusammen. *Oh nein! Ferdi.*

„Hi, Caro." Es war Nick. Lindenhains Mann für alles. Er versorgte die Tiere, kümmerte sich um den Hof, gab Reitunterricht und war für Carolin so etwas wie ein älterer Bruder.

„Mann, hast du mich erschreckt!", fauchte sie angespannt.

Nick grinste. „Nach all den Jahren, die wir uns kennen, solltest du langsam wissen, dass ich hier arbeite und gelegentlich im Stall auftauche." Er wischte sich mit der Hand über die Stirn. „Weißt du, seit wann ich heute auf den Beinen bin?" Er gab die Antwort gleich selbst. „Seit halb fünf. Ich komm langsam auf dem Zahnfleisch daher." Er machte eine ausladende Bewegung. „Schau dich doch mal um: Cinderella und Silberstern. Marhaba. Esperanza und die drei Musketiere. Die vielen Ponys. Es werden immer mehr Pferde. Ich weiß echt nicht, wie ich das alles allein noch packen soll. Ich muss mit Gunnar reden. Wir brauchen dringend eine Aushilfe." Er fuhr sich durch seine kurzen blonden Haare. „Ich möcht auch mal Urlaub. Freie Tage. Was dann? Meinst du, Gunnar macht sich dann hier die Hände schmutzig?"

Carolin nickte. Nick hatte Recht. „Hast du das Gunnar denn schon mal gesagt?"

„Einmal?" Nick kickte mit dem Gummistiefel in einen Ballen Stroh. „Ständig."

„Und? Was meint er?"

„Die alte Leier! Kennst du doch. Nicht genug Kohle für einen zweiten Mann."

Sternentänzer trippelte auf seinen Hufen ungeduldig hin und her. Er wollte los. Carolin tätschelte beruhigend seinen Hals. „Gleich, mein Süßer! Aber, Nick, er hat doch gesehen, was passiert, wenn du nicht mehr nachkommst!"

Vor ein paar Wochen hatte Nick ein Loch in der Umzäunung übersehen. Silberstern, Sternentänzers Fohlen, war hindurchgeschlüpft und ausgebüxt. Erst nach einer langen Suchaktion hatten sie das wilde schwarze Hengstfohlen wieder gefunden.

„Na ja, ich mach mich mal besser wieder an die Arbeit. Sonst bin ich Mitternacht heut auch noch hier ..." Nick verzog das Gesicht und stapfte davon.

Carolin führte Sternentänzer hinaus auf den Hof und schwang sich in den Sattel. Noch ein letzter Blick zurück. Keine Spur von Ferdi. Carolin atmete tief durch und ritt los. Zunächst im Schritt, dann im Leichttrab. Erst als sie die Baumgruppe erreicht hatten und Sternentänzer warm war, trieb sie ihn an. „Los, mein Süßer, gib Gas! Lass uns fliegen!"

Unbeschwert galoppierte Carolin auf Sternentänzer über die Wiesen. Sie hatte sich weit nach vorn gebeugt, die milchweiße Mähne wehte ihr ins Gesicht. „Ja, Sternentänzer, lauf!" Nur zu gerne folgte der Hengst ihrem Kommando. Auch er schien es zu genießen, sich mal wieder richtig austoben zu dürfen. Carolin genoss den Wind, der ihren Kopf wieder frei pustete. „Schneller, Sternentänzer, schneller!" Carolin juchzte vor Freude. Schon lange hatte sie sich nicht mehr so leicht und losgelöst gefühlt. Es gab nur noch Sternentänzer und sie. Als sie sich einer Wegkreuzung näherten, lenkte sie ihn nach links in den Wald, bis zum kleinen Bach. Dort legten sie eine Pause ein. Während der Hengst von dem kristallklaren Wasser trank, kniete sich Carolin nachdenklich neben ihn.

„Weißt du, Sternentänzer, ich mag Ferdi total gern. Er ist der beste Freund, den man sich vorstellen kann. Und du magst ihn doch auch?"

Als habe Sternentänzer sie verstanden, hob er kurz den

Kopf und blickte sie mit seinen dunklen feuchten Augen an. Dann trank er weiter.

„Aber er kommt aus einer ganz anderen Welt als ich. Und mit Pferden hat er auch nicht wirklich viel am Hut. Wir passen doch gar nicht zusammen. Null. Und überhaupt ..." Carolin schnappte sich einen Stein und schleuderte ihn ins Wasser. „Ich will nicht, dass sich was ändert. Es war doch gut so, wie es war. Warum macht der Blödmann so was?" Caro nahm noch einen Stein. „Was soll ich ihm denn nur sagen, Sternentänzer? Ich mag ihn ja. Ich will seine Freundschaft nicht verlieren. Und eigentlich ..." Carolin seufzte tief. „Eigentlich weiß ich gar nicht, was ich fühle. Außerdem hab ich Angst. Was, wenn alles wieder so endet wie damals mit Danny? Dann ist alles kaputt. Auch unsere Freundschaft."

Danny war ein Feriengast auf Lindenhain gewesen und Carolins erste Liebe. Doch alles endete in einem Desaster. Danny wollte seine Schwester rächen, die nach einem Unfall mit einem Pferd gelähmt war, und hatte daher Lindenhain in Brand gesteckt. Noch Wochen nach Dannys Abreise hatte Carolin heftig gelitten und am eigenen Leib erfahren müssen, wie weh eine unglückliche Liebe tun konnte. Solchen Schmerz wollte sie nicht noch mal erleben! Damals hatte sie sich geschworen, sich nie wieder zu verlieben. „Nein danke, so was brauche ich ganz bestimmt nicht mehr", murmelte sie vor sich hin.

Sternentänzer tauchte seine Schnauze erneut tief in das Wasser. Plötzlich zog er sie heraus, machte mit seinem Kopf eine rasche Bewegung zu Carolin und sabberte sie mit seiner triefend nassen Schnauze voll.

„Ihhhhhh!“, quiekte Carolin. „Hör auf! Du machst mich ja ganz nass!“

Sternentänzer schnaubte zufrieden und machte munter weiter, als wolle er sie aus ihren trüben Gedanken scheuchen. Carolin sprang auf, Sternentänzer trottete ihr hinterher. „Waaahhhhh! Sternentänzer, lass das!“, kreischte sie und kicherte dabei.

Als Carolin später wieder zurück nach Lindenhain kam, brachte sie Sternentänzer eilig in seine Box. Sie sattelte ihn ab, rieb ihn ausgiebig trocken und versorgte ihn mit Wasser und Heu. Zum Abschied liebkoste sie lange seine weichen Nüstern. Dann eilte sie zur Stalltür, stoppte kurz und spähte draußen über den Hof. Nichts zu sehen! Rasch marschierte Carolin zu ihrem Rad.

„He, Caro!“ Carolins Herz machte einen kleinen Satz. *Ferdi!* Er kam von hinten auf sie zugelaufen. „Warte mal!“

Doch Carolin lief nur noch schneller.

„Du ... wegen gestern ...“, begann Ferdi.

Carolin unterbrach ihn hastig. „Schon gut.“

Unsicher startete Ferdi einen neuen Versuch: „Caro, sollen wir nicht doch über gestern reden?“

Carolin winkte ab. „Du, Ferdi, tut mir Leid. Ich hab jetzt grad gar keine Zeit. Ich muss sofort nach Hause. Du weißt ja, meine Mam und Mathe und so. Also, bis dann“, murmelte sie. *Nein, darüber will ich jetzt nicht reden. Nur schnell weg,* setzte sie in Gedanken hinzu. Geschwind schwang sie sich auf den Fahrradsattel und trat wie eine Wilde in die Pedale.

Immer Ärger mit den Jungs

Als Carolin am nächsten Tag nach Lindenhain kam, war sie überaus gut gelaunt. Wie so oft ließ sie ihren Blick über das weitläufige Gelände schweifen. Auf einmal blieben ihre Augen an der großen Eiche haften. Da lehnte ein junger, schlaksiger Typ mit Bartstoppeln, halblangen blonden Haaren, einer dunkelblauen Wollmütze auf dem Kopf und einem dicken Rucksack auf dem Rücken. Er blickte angestrengt Richtung Haupthaus.

Carolin lief auf ihn zu. „Hallo, kann ich dir helfen?"

Der Typ fuhr herum und musterte sie von oben bis unten. „Kommt drauf an." Er grinste breit und versenkte seine Hände tief in den Taschen seiner Jeans, die mehr Löcher hatte als ein Schweizer Käse.

„Worauf?"

„Gehörst du zu dem Verein?" Er deutete zum Haupthaus.

Carolin nickte. „Bist du ein Feriengast?"

„Seh ich etwa so aus?" Der Typ lachte laut auf.

Auch Carolin musste schmunzeln. Sie betrachtete den merkwürdigen Besucher. „Hast du ein Pferd? Willst du es auf Lindenhain abstellen?"

Wieder dröhnendes Gelächter. „Ein Gaul ist leider in meinem Budget nicht drin."

Carolin verschränkte die Arme. „Was willst du denn dann auf Lindenhain?"

Der Typ nahm seinen Rucksack vom Rücken und stellte ihn neben sich auf den Boden. „Ich soll hier arbeiten."

„Wie bitte?" Carolin bekam vor Überraschung einen Hustenanfall.

„*Arbeiten!* Weißt du nicht, was das ist?"

Carolin verdrehte die Augen. „Klar weiß ich, was das ist. Ich dachte nur, ..." *Gunnar hat keine Kohle,* vollendete sie in Gedanken ihren Satz. „Du meinst, du willst dich hier bewerben." Sie betrachtete ihn mitleidig. *So vergammelt, wie der aussieht, hat er im Leben keine Chance bei Gunnar!*

„Nee."

„Wie nee?"

„Ich bin schon eingestellt."

Carolin schluckte verwirrt. „Du? Gunnar hat dich ...?"

„Ich soll hier malochen, exakt. Mit Gäulen und so. Ich heiße übrigens Jan."

„Caro."

„Also, Caro, wo residiert denn nun hier der Boss?"

Carolin guckte den Besucher weiter skeptisch an. Es sah Gunnar überhaupt nicht ähnlich, jemanden wie diesen Jan einzustellen. Bestimmt gab Jan nur an. Vielleicht hatte er das Vorstellungsgespräch noch gar nicht hinter sich. Gunnar hatte ihn wahrscheinlich noch nie live gesehen. „Ähm! Na ja, komm mit!"

Jan griff nach seinem Rucksack und folgte Carolin wortlos ins Haupthaus.

Carolin klopfte kurz an die Tür von Gunnars Büro, dann steckte sie den Kopf hinein. „Hi, Gunnar."

Gunnar, der gerade über einem Stapel Unterlagen brütete, sah kurz auf und lächelte ihr zu. „Hi, Caro, was gibt's?"

„Da ist jemand für dich."

„Wer denn?"

„Er heißt Jan."

„Jan." Schlagartig gefror das Lächeln auf Gunnars Gesicht - wie die Oberfläche eines Sees bei Minusgraden.

„Er sagt, er will bei uns arbeiten."

„Aha!"

Jan drückte sich hinter Caro ins Zimmer. „Da bin ich."

Gunnars Blick weilte einen Moment mit eisiger Miene auf Jan, dann stand der Besitzer von Lindenhain auf und ging Richtung Tür. „Caro, lässt du uns bitte allein. Danke." Sprach's und schlug Carolin die Tür vor der Nase zu.

Carolin stand vor der verschlossenen Tür und verstand die Welt nicht mehr. Was war denn in den gefahren? So unfreundlich hatte sie Gunnar noch nie erlebt. Aber egal! Gunnar würde diesem Jan klar machen, dass er auf Lindenhain nicht arbeiten konnte und sie würde ihn nie wieder sehen.

Viel wichtiger war nun, in den Stall zu Sternentänzer zu gelangen, ohne Ferdi in die Arme zu laufen. Carolin spähte zum Ferienhaus. *Mist, das Fenster von Ferdis Zimmer steht sperrangelweit offen,* dachte sie. *Das kann nur bedeuten, dass Ferdi da ist.* Leicht geduckt huschte Carolin aus dem Haupthaus Richtung Stall. Erst als sie in Sternentänzers Box stand, atmete sie erleichtert auf.

„Hallo, mein Süßer. Wie geht's dir?", begrüßte sie ihn und schmiegte sich in sein weiches Fell. „Schau, was ich dir mitgebracht habe! Das magst du doch." Carolin holte ein paar Leckerli aus ihrer Tasche und hielt sie ihm hin. Vorsichtig nahm Sternentänzer die Leckereien von Caros Hand. Seine Oberlippe fühlte sich an wie Samt. „Das schmeckt dir. Wenn wir schon nicht ausreiten können, weil ich die blöde Mathe pauken muss, sollst du wenigstens deine Lieblingsleckerli bekommen. So, ich muss wieder los, sonst gibt's Ärger mit Ines."

Carolin kraulte noch eine Weile Sternentänzers Hals, bevor sie den Stall verließ. *Vorhin hatte ich ja großes Glück, dass ich Ferdi nicht begegnet bin,* überlegte sie, als sie zu ihrem Fahrrad spurtete. *Hoffentlich gelingt es mir, jetzt auch unbemerkt von Lindenhain zu verschwinden.* Auf noch so eine dämliche Szene wie gestern hatte sie nämlich überhaupt keine Lust. Und Caro hatte tatsächlich Glück! Wie der Blitz radelte sie kurz darauf vom Hof.

Carolin bewohnte mit ihrer Mutter eine hübsche Doppelhaushälfte in der Breitensteinstraße. Als sie die Haustür aufschloss, strömte ihr ein leckerer Duft entgegen.

„Hm." Carolin streckte schnuppernd die Nase in die Küche. *Riecht gut. Exotisch. Also kommt der Doc heute Abend,* kombinierte Carolin. Ines kochte eigentlich nur, wenn sie gute Laune hatte oder wenn Besuch kam. Vor allem, wenn Dr. Sander kam. Paul, Carolins Vater, hatte ihre Mutter vor ein paar Jahren wegen seiner rothaarigen

Sekretärin verlassen. Inzwischen waren ihre Eltern auch geschieden. Paul lebte seit kurzem auf Mallorca und Ines war mit Dr. Sander zusammen. Dr. Joachim Sander war erst vor einigen Monaten nach Lilienthal gezogen und arbeitete als Tierarzt auch für Lindenhain. Carolin hatte sich inzwischen einigermaßen daran gewöhnt, dass Dr. Sander bei ihnen ein- und ausging. Immerhin hatte er ihr in einigen verzwickten Situationen schon helfen können.

„Mam?" Keine Antwort.

Carolin blickte sich in der Küche suchend um. „Mam?" Wieder keine Antwort. Der Herd stand voller Töpfe, daneben stapelten sich Schüsseln mit klein geschnittenem Gemüse, in einer Pfanne brutzelten ein paar Fleischstücke vor sich hin. Alles da, nur die Köchin fehlte!

„Mam?" Carolin schaute ins Wohnzimmer. Da saß ihre Mutter. Am festlich gedeckten Tisch. Vor einem Glas Rotwein.

„Wow! So vornehm. Gibt's denn was zu feiern?" Carolin setzte sich an den Tisch.

Statt einer Antwort griff Ines nach dem Glas und nahm einen kräftigen Schluck Rotwein.

„Wann kommt denn nun der Doc?"

„Pah!", machte Ines nur, lehnte sich zurück und verschränkte die Arme. „Das wüsste ich auch zu gern", fauchte sie. „Irgendwelche blöden Schweine sind ihm wichtiger als ich!"

Carolin sah ihre Mutter fragend an. Eigentlich war Ines strikt dagegen, derartig derbe Ausdrücke zu benutzen. „Wen meinst du?"

Ines' Augen blitzten wütend. „Irgendein Schwein auf

irgendeinem Hof ist trächtig und es gibt irgendwelche Komplikationen ...“

„Ach, du meinst Tiere ...“ Carolin prustete los.

„Was denn sonst? Dem Herrn sind Tiere wichtiger als ich, toll!“ Sie griff wieder nach dem Glas.

„Aber Mam, das ist sein Job. Der Doc ist Tierarzt.“

„Na und? Muss er deswegen immer gleich springen und mich mit dem Essen sitzen lassen, wenn irgendwo ein Schwein quiekt? Kann er nicht wenigstens bis nach dem Essen warten?“

„Dann kann es zu spät sein, Mam“, klärte Carolin ihre Mutter auf, die zu Tieren ein ähnliches Verhältnis hatte wie zu ihrem Wandschrank. Nämlich keins!

Ines stand schwungvoll auf. „Pah! Früher oder später landen die doch eh in der Pfanne.“

Carolin musste schmunzeln. Im Grunde hatten der Doc und Ines so viel gemeinsam wie eine Sonnenblume und ein Heizkörper. Nämlich gar nichts. War wohl ein klarer Fall von „Gegensätze ziehen sich an“.

„Mist!“, hörte sie Ines in der Küche fluchen. „Jetzt ist auch noch das Schnitzel angebrannt.“ Sie kam mit der Pfanne in der Hand zurück ins Wohnzimmer.

Carolin stand auf und kramte einen Zettel aus dem kleinen Schrank neben dem Telefon. „Ich bestell uns eine Pizza.“

Carolin vertilgte gerade das letzte Stück ihrer Pizza Margherita, als es Sturm klingelte. „Siehst du, da kommt er. Und er scheint es eilig zu haben“, kicherte sie. „Oder tierisch großen Hunger.“

Ines stand auf und wischte sich die Teigkrümel aus den Mundwinkeln. „Pech gehabt!“, murmelte sie mit vollem Mund. „Wenn er denkt, ich stell mich jetzt noch mal für ihn in die Küche, hat er sich gewaltig geschnitten.“

„Ach Mam, sei doch nicht so fies“, feixte Caro und spülte den Rest Pizza mit ihrer Limo hinunter.

„Caro, kommst du mal?“, hörte sie kurz darauf die Stimme ihrer Mutter.

„Was ist denn?“

Ines kam zurück ins Wohnzimmer und ließ sich auf ihren Stuhl fallen. „Der Besuch ist für dich.“

„Für mich?“, wunderte sich Caro. Dann durchzuckte sie ein Gedanke. *Vielleicht Ferdi? Der hat gemerkt, dass ich ihm auf Lindenhain aus dem Weg gehe? Und will mich jetzt zu Hause zur Rede stellen! Oh nein, bitte nicht!*

Doch es war Lina. Mit funkelnden Augen und wild nach allen Seiten stehenden Haaren stand sie in der Haustür. „Oh, ich könnte ...“, knurrte sie und ballte die Hände zu Fäusten. Ganz offensichtlich war sie ziemlich wütend.

„Lina? Komm doch rein!“

„Oh Mann!“, fauchte sie und ließ die Tür hinter sich ins Schloss fallen.

Kopfschüttelnd betrachtete Carolin die völlig aufgelöste Freundin. „Welche Laus ist dir denn über die Leber gelaufen?“

„Keine Laus“, knurrte Lina weiter und wollte schon hoch in Caros Zimmer stürmen.

„Ach Lina!“ Ines spähte aus der Wohnzimmertür. „Würdest du so freundlich sein, deine Schuhe auszuziehen?", sagte sie spitz.

Carolin warf ihrer Mutter einen bösen Blick zu. Normalerweise war sie nicht die penible „Wir-ziehen-bei-uns-die-Schuhe-aus-Mutter". Doch Ines mochte Lina nicht besonders. Oder besser: Das Mädchen war ihr nicht so ganz geheuer. Und ehrlich gesagt bot Lina auch einen mehr als außergewöhnlichen Anblick. Sie hatte wilde dunkle Locken und trug meist mehrere geblümte Röcke übereinander. Dazu kunterbunte Blusen und hohe Schnürstiefel. Und zugegeben, an Linas Sohlen hingen einige Schmutzbrocken. Trotzdem war es nicht fair, dass Ines ihre Wut auf den Doc an der armen Lina ausließ.

„Geht klar, Frau Baumgarten." Lina bückte sich brav und schnürte ihre Stiefel auf. Dann nahm sie Carolin an der Hand und zog sie mit nach oben. Kaum war die Zimmertür hinter den beiden Mädchen zugefallen, legte Lina wieder los. „Oh, ich könnte ..." Sie drosch mit der geballten Faust gegen die Wand.

Carolin packte Lina am Arm und zog sie neben sich aufs Bett. „Geht's noch? Wie bist du denn drauf? Was könntest du und warum?"

Lina funkelte sie wütend an. „Du glaubst nicht, was sich dieser Mistkerl geleistet hat!"

Alles klar. Es ging wieder um Thorben. Und so wie Lina drauf war, musste es diesmal eine richtig üble Sache gewesen sein. *Eigentlich würd ich mit ihr auch gern mal über Ferdi sprechen,* überlegte Carolin. *Aber wenn Lina so im Liebesrausch ist wie jetzt, kann ich das vergessen.* „Was denn?", fragte Carolin daher besorgt nach.

„Also, eigentlich waren wir heute Abend verabredet. Wir wollten zusammen ins Kino gehen. Und was macht der? Versetzt mich. Einfach so. Kurz vorher." Lina war nicht zu bremsen, die Worte sprudelten aus ihrem Mund nur so heraus.

Na toll. Wie der Vater so der Sohn. Erst Ines mit ihrem Doc, jetzt Lina. Bin ich froh, dass ich diesen Ärger nicht hab, überlegte Carolin und sah für einen winzigen Augenblick Ferdis Gesicht vor sich.

„Und weißt du warum?" Lina krallte ihre Finger fest in Carolins Arm. Zum Glück hatte sie ein dickes Sweatshirt an. „Wegen Heike."

„Was?" Carolin fuhr herum. Ungläubig schüttelte sie den Kopf. „Das gibt's doch gar nicht."

„Oh doch, stell dir vor. Wegen Heike." Lina saß auf dem Bett wie eine Ladung Sprengstoff.

„Er ist also mit Heike ins Kino statt mit dir?"

„Nee, das nicht." Lina sprang auf und tigerte auf ihren dicken, kunterbunt geringelten Wollsocken im Zimmer auf und ab. „Angeblich kann er Heikes Bruder ein superseltenes Computerspiel spottbillig abkaufen. Und Heikes Bruder lebt ja in Kanada und ist nur jetzt gerade ein paar Tage hier", erklärte sie und schickte erzürnt ein bitterböses „Angeblich!" hinterher.

Totale Entwarnung. Carolin streckte sich. „Na ja, klingt doch ganz plausibel. Wenn er damit Kohle sparen kann. Der Doc gibt ihm bestimmt nicht gerade ein fürstliches Taschengeld. Und das Kino läuft euch ja nicht weg."

„Von wegen!" Linas Wutpegel stieg wieder bis zum Anschlag. „Ist doch glasklar, dass das nur ein billiger

Vorwand von dieser Schnepfe ist. Und Thorben ist so dämlich und fällt darauf rein."

Carolin verdrehte die Augen. „Ach komm, Lina, du steigerst dich da nur in was rein."

„Pah! Du verteidigst ihn auch noch. Du siehst doch selbst, wie er in der Pause immer mit anderen Mädels flirtet. Wenn ihn alle anhimmeln, das gefällt Herrn Thorben Sander."

„Weißt du was!" Carolin sprang auf. „Ich besorg uns jetzt zwei große Portionen Schokoeis mit Schokosplittern. Schokolade beruhigt die Nerven."

Bis weit nach Mitternacht hing Lina noch bei Carolin und beklagte ihr Schicksal. Geduldig hörte Carolin der Freundin zu. Dabei war sie ganz froh, dass sie Lina noch nichts von Ferdi und seinem Geständnis erzählt hatte. *Wenn Liebe wirklich so grausam ist, dann lass ich die Finger davon,* dachte Caro und beschloss für sich, niemals so enden zu wollen.

Der Neue auf Lindenhain

Die ganze Nacht über hatte ein heftiger Spätherbststurm gewütet und massenhaft Blätter von den Bäumen gefegt. Auf der Straße lag nun eine zentimeterhohe glitschige Laubschicht, die das Radfahren zu einem Balanceakt werden ließ. Carolin war froh, als sie endlich in Lindenhain auf den Hof rollte. Kaum hatte sie ihr Rad abgestellt, kam ihr auch schon Nick entgegen. In einer Hand hielt er einen Küchenschrubber, in der anderen einen großen Korb voller Laub.

„He, Caro! Schon gehört?"

Carolin drehte sich zu ihm. „Was denn?"

Nicks blaue Augen blitzten. „Wir bekommen Zuwachs."

„Zuwachs?"

„Unterstützung. Einen Helfer. Einen Typen, der mir Arbeit abnimmt." Er schüttelte den Korb mit dem Laub. „Wurde echt auch Zeit! Bis ich das ganze Blattzeug beseitigt habe, ist es Nachmittag und meine ganze andere Arbeit bleibt liegen", motzte er. „Aber ich hab auch nur zwei Hände. Und wehe, ich vergesse ein Blatt! Wetten, dass Gunnar dann ankommt und mich anmosert?"

„So schnell?“, wunderte sich Carolin. „Gestern hat sich doch erst der erste Bewerber vorgestellt.“ Sie grinste. „Und ich kann mir beim besten Willen nicht vorstellen, dass Gunnar den gleich genommen hat.“

Nick zuckte mit den Schultern. „Keine Ahnung. Es gibt ihn. Ich hab ihn aber auch noch nicht gesehen.“ Nick zischte wieder ab. Doch bevor er im Stall verschwand, drehte er sich noch einmal um. „Ach, Ferdi sucht dich übrigens.“

„Ich weiß“, murmelte Carolin und zerlegte mit dem Fuß ein Eichenblatt auf dem Boden. *Aber ich ihn nicht,* fügte sie in Gedanken hinzu.

„Hey, Leute, wartet mal!“ Gunnar stürmte aus dem Haupthaus. Er hatte seinen Cowboyhut auf und einen so grimmigen Gesichtsausdruck, als würde er in der nächsten Minute eine Pistole ziehen und auf eine Hand voll Gauner schießen. „Nick, kommst du bitte her!“

Nick lehnte den Besen gegen die Stallwand und stellte seinen Korb ab. Dann versenkte er die Hände in seinen Overalltaschen und schlenderte zurück zu Carolin, die noch immer bei ihrem Fahrrad stand. „Was gibt's denn, Gunnar?“

„Ich wollte euch unsere neue Kraft vorstellen“, begann Gunnar, der immer noch so finster dreinblickte wie zuvor. Er deutete nach hinten. „Das ist Jan, er wird jetzt bei uns mithelfen.“

Mit großen Augen starrte Carolin die Gestalt an, die vom Haupthaus gemächlich zu ihnen herüberschlenderte. Es war der Typ, der gestern an der Eiche gelehnt hatte. Der mit den Bartstoppeln und der Löcherjeans.

Komisch! Nie im Leben hätte ich gedacht, dass Gunnar den einstellt, wunderte sich Carolin.

Gunnar schob seinen Cowboyhut zurück und kratzte sich am Kopf. „Das war's, was ich euch sagen wollte. Bekannt machen könnt ihr euch ja selber." Mit gesenktem Kopf und ohne einen Blick mit Jan zu wechseln, stapfte Gunnar an Jan vorbei - zurück in sein Büro. Auf dem Weg dorthin kickte er einen kleinen Stein so kraftvoll zur Seite, dass der bis zu dem kleinen Tümpel sprang.

Nick streckte Jan die Hand hin. „Tja also, hallo, Jan. Herzlich willkommen hier auf Lindenhain. Ich bin Nick. Wir werden wohl mehr oder weniger eng zusammenarbeiten."

„Alles klar." Jan zog mit seinem Kaugummi eine dicke Blase, die er mit lautem Knall zerplatzen ließ.

„Willkommen", begrüßte Carolin den Neuankömmling.

Jan nickte und bearbeitete seinen Kaugummi weiter intensivst mit den Zähnen.

„Wie sieht's aus, hast du schon Erfahrung mit Pferden?", erkundigte sich Nick. „Schon mal auf einem Pferdehof gearbeitet?"

Jan ließ erneut eine dicke Blase platzen. „Nee."

Nick wechselte einen schnellen Blick mit Carolin. Sie wusste nur zu gut, was er ihr sagen wollte: Was hat Gunnar denn da bloß für einen komischen Vogel eingestellt?

Nick klatschte ihm auf die Schulter. „Na, das wird schon. Jetzt suchen wir erst mal einen Overall für dich." Er musterte ihn von oben bis unten. „Dürftest ja ungefähr meine Größe haben."

Die beiden Jungs zogen Richtung Stall ab, Carolin sah

ihnen kopfschüttelnd hinterher. Doch lange Zeit zum Grübeln blieb ihr nicht, denn in diesem Moment kam Ferdi aus dem Ferienhaus. Als er sie gesichtet hatte, lief er gleich auf sie zu. Zu schnell, um sich zu verdrücken. *Mist!* Carolin bückte sich rasch und machte sich an ihrer Fahrradkette zu schaffen.

Ferdi blieb neben ihr stehen. „Hi, Caro. Na, wie geht's so?“

„Gut“, murmelte Carolin in das Kettenlager. Am liebsten wäre sie auf der Stelle hineingekrochen.

„Gibt's Probleme mit deiner Kette?“

Nee mit dir! „Alles im Griff“, antwortete sie.

„Soll ich dir helfen?“

„Nee, geht schon.“

Ferdi ging auf der anderen Seite des Fahrrads in die Hocke und überprüfte die Kette. „Hm, sieht eigentlich ganz intakt aus“, meinte er dann. „Aber“, er seufzte, „wie du dir vorstellen kannst, hab ich von Fahrradreparieren in etwa so viel Ahnung wie von der Pferdepflege. Schätze, da müssen Profis ran.“

Ferdi machte ein so zerknirschtes Gesicht, dass Caro wider Willen schmunzeln musste.

Ferdi erhob sich. „Meine Mutter hat mir ein Paket mit Proviant geschickt. Du weißt ja, dass sie voll die Panik schiebt, ich könnte hier in der Provinz verhungern, verdursten oder was weiß ich was.“

Carolin verdrehte die Augen. *Was denkt die eigentlich?* Neulich hatte die feine Frau Reifenbach sogar Kamelmilch für die Pferde geschickt.

„Jedenfalls war diesmal die kolossal leckere heiße Schokolade vom feinsten Konditor aus Berlin dabei. Muss nur noch kurz in die Mikrowelle und dann ..." Ferdi machte ein genüsslich schmatzendes Geräusch. „... ist das göttliche Getränk fertig. Die beste heiße Schoko der Welt! Kann ich dich auf eine Tasse einladen?"

Carolin kniete immer noch vor ihrer Fahrradkette. Etwas unentschlossen blickte sie ihn an. Er sah süß aus mit seinen blonden Haaren, den vielen Sommersprossen und den wasserblauen Augen. „Also gut", willigte sie schließlich ein und erhob sich. „Aber wehe, wenn das nicht wirklich die beste Schoko der Welt ist!"

„Dann ... dann ... dann übernehme ich einen Tag lang Nicks Job", gelobte Ferdi. „Und du weißt, welch Opfer das für mich wäre."

„Vergiss es!" Carolin winkte ab. „Dafür ist jetzt Jan da."

„Jan?"

„Ja, die neue Aushilfe."

Ferdi zuckte die Achseln. „Keine Ahnung. Setz dich schon mal in den Gemeinschaftsraum, ich hol nur schnell die Schoko aus meinem Zimmer."

„Alles klar."

Es war Nachmittag und der Gemeinschaftsraum war gähnend leer. Carolin ließ sich auf einen Stuhl am Fenster fallen und schaute hinaus. Es war eigentlich wie immer mit Ferdi gewesen. Carolin lehnte sich zurück und fingerte an der rotweiß karierten Tischdecke. Zum Glück!

„Da bin ich wieder." Mit zwei Beuteln winkend kam Ferdi angestürmt. „Und hier ist das Wundergetränk." Er füllte die Flüssigkeit in zwei Becher, die er in die Mikrowelle steckte. Als es pling machte, zog er sie heraus, stellte einen Becher vor Carolin auf den Tisch und setzte sich ihr gegenüber.

Ein satter voller Schokoduft stieg in Carolins Nase. „Mhmmmm“, schnüffelte sie.

„Warte ab, bis du erst probiert hast“, schwärmte Ferdi. „Manchmal übertreibt's meine Mutter ja ...“

„Zum Beispiel neulich mit der Kiste Salat“, fügte Carolin hinzu. „Als ob es bei uns keinen gäbe.“

Ferdi grinste. „Salat!? Das war Lollo rosso. Eine feine Spezialzüchtung, ohne die das Überleben quasi unmöglich ist.“

Carolin kicherte und umfasste ihren Becher. Es war beinahe wieder wie immer. Beinahe! Wenn da nicht diese sechs Worte zwischen ihnen stehen würden. Sie trank einen Schluck.

Ferdi blickte sie erwartungsvoll an. „Und? Was sagst du? Ab auf den Misthaufen?“

Carolin schleckte genüsslich. Dieser Kakao war fast so dickflüssig wie Schokopudding und tatsächlich der beste, den sie jemals getrunken hatte. „Na ja“, meinte sie. „Kommt gerade so an meinen Frühstückskakao hin ...“

Ferdi atmete auf. „Puh, Glück gehabt!“ Er stellte seinen Becher ab und sah Carolin an. „Aber jetzt mal im Ernst, Caro. Ich hab gemerkt, dass du mir in den letzten Tagen ausgewichen bist. Und mir ist auch klar warum.“

Carolin versenkte ihren Blick tief in dem dunklen Kakao.

„Das ist echt nicht nötig, Caro. Ich wollte einfach nur, dass du weißt, wie ich für dich fühle. Sonst nichts. Aber ich wollte ganz sicher nicht, dass das jetzt zwischen uns steht." Er blickte aus dem Fenster. „Ich hoffe nicht, dass ich damit unsere Freundschaft kaputtgemacht habe", murmelte er bedrückt. „Ich wünschte fast schon, ich hätte es nie gesagt." Tiefe Sorgenfalten zogen sich über seine Stirn.

„Ach was!" Wild entschlossen hob Carolin ihren Becher. „Lass uns anstoßen. Auf unsere Freundschaft!"

Erleichtert griff Ferdi nach seinem Becher. „Auf unsere Freundschaft!"

Während sie die Schoko tranken, trafen sich über dem Becherrand für einen kurzen Moment ihre Augen und Carolin spürte ein leichtes Kribbeln in ihrem Bauch. Ganz sacht nur - so, als würde ein Schmetterling mit seinen Flügeln schlagen.

Plötzlich wurde schwungvoll die Tür aufgerissen. „Da bist du ja, Caro." Nick stiefelte herbei und setzte sich zu ihnen. „Macht sich ganz gut, unser Neuzugang."

Ferdi sah Nick irritiert an. „Wie kannst du das so schnell wissen?"

„Die Tiere reagieren positiv auf ihn. Und er hantiert richtig geschickt mit einer voll beladenen Mistkarre", erklärte Nick grinsend. Er lehnte sich zurück und verschränkte die Arme hinter dem Kopf. „Ich sehe wunderbare Zeiten auf mich zukommen."

Carolin pustete ganz sacht in das Schaumkrönchen, das auf ihrer heißen Schokolade schwamm. „Gunnar war so komisch drauf, als er ihn vorgestellt hat."

Nick zuckte die Achseln. „Schlechte Laune. Stress mit Vicky, was weiß ich." Vicky Heuber war Reitlehrerin und Gunnars Lebensgefährtin.

„Stimmt. In letzter Zeit hatten die beiden öfters Zoff. Ging's dabei nicht auch mal um einen Neffen von Vicky?", überlegte Carolin. „Könnte das Jan sein? Gunnar scheint ihn ja wohl nicht ganz freiwillig eingestellt zu haben."

„Wenn er ein Problem mit ihm hätte, hätte er ihn ja kaum eingestellt", meinte Ferdi.

Carolin nickte. „Auch wieder wahr. Was hat er eigentlich vorher gemacht? Woher kommt er?"

Nick kramte ein paar Münzen aus seiner Hosentasche und machte sich am Süßigkeitenautomaten zu schaffen. „Keine Ahnung. Besonders gesprächig ist er nicht." Er zog eine Packung Gummitiere. „Aber was soll's! Hauptsache, er macht einen guten Job." Fröhlich pfeifend und mit den Gummitieren wedelnd verschwand er wieder.

Mit sich und der Welt zufrieden schloss Carolin an diesem Abend ihre Augen. Mit Ferdi war alles geklärt. Nick hatte die dringend benötigte Hilfe auf dem Hof bekommen und die nächste Mathearbeit war auch noch weit weg. Es schien, als würde nun endlich wieder etwas Ruhe in ihr Leben einkehren. Doch da sollte sie sich gewaltig täuschen.

Mathe, Mistkerle und andere Sorgen

„Kann ich schnell Englisch von dir abschreiben? Ich hab dafür Mathe für dich.“

Carolin und Lina tauschten wie meistens schnell die Hausaufgaben vor der ersten Schulstunde. Diese Aufgabenteilung funktionierte prima.

„Hier.“ Carolin schob Lina ihr Heft hinüber. Englisch fiel ihr leicht. Machte Spaß und Sinn. Songtexte waren englisch, sollte sie jemals in Lilienthal einen Amerikaner oder Engländer treffen, würde sie sich mit ihm unterhalten können. Aber Mathe! In Zeiten des Taschenrechners. Absurd und unnütz.

Lina schob ihr Matheheft zu Caro. „Hier. Allerdings ohne Garantie. Ich war gestern etwas durch den Wind. Thorben, du weißt schon.“

Carolin war gerade mit dem Abschreiben fertig, als ihr Mathelehrer Dr. Hutmacher in die Klasse trat. Schwungvoll legte er seine schwarze lederne Aktentasche, die schon bessere Zeiten gesehen hatte, auf das Pult. „Guten Morgen, Herrschaften.“

Carolin klappte rasch ihr Heft zu und schob Linas Heft

zurück. *Gerade noch mal gut gegangen!* Von wegen. Dr. Hutmacher zog einen Stoß Blätter aus seiner abgewetzten Aktentasche. Dann blickte er ernst in die Klasse. „Bei der letzten Klassenarbeit konntet ihr durch eure Leistungen nicht gerade überzeugen. Fünf Mal eine Sechs." Dr. Hutmacher nahm das erste Blatt ganz oben in die Hand und ging zu Carolins Pult.

„Also, fangen wir bei dir an, Carolin Baumgarten. Würdest du mir bitte verraten, wo du dich die vergangenen Mathematikstunden aufgehalten hast?"

Carolin zog den Kopf ein. *Was ist denn das für eine dämliche Frage? Dämliche Frage von einem nervigen Mathelehrer!* „Hier natürlich", presste sie dann mit einem mulmigen Gefühl in der Magengegend hervor.

„Ach ja." Dr. Hutmacher gab ihr ihre Arbeit zurück. „Und warum bitte schön merkt man davon nichts? Rein gar nichts!"

Carolin warf einen schnellen Blick auf das Blatt. Dicke, blutrote Striche, wohin sie auch blickte! Und ganz oben prangte eine dicke Sechs. *Mist, verdammt! Schon wieder. Trotz Nachhilfe.*

Seit kurzem nahm Carolin zweimal in der Woche Mathenachhilfe. Ihre Mutter hatte sich an die Schülerhilfe gewendet und die hatte Johannes Hütting vermittelt. Einen Mathereferendar. Und genau so war der auch drauf. Kleine, grüne, zusammengekniffene Äuglein hinter einer Nickelbrille, pickliges Gesicht, enges weißes Hemd. Außerdem roch er immer unangenehm. Ausdünstungen aus allen Knopflöchern. Eine Mischung aus Mottenkugeln, Schweiß und Mundgeruch, manchmal kam noch

Knoblauch dazu. Tolle Mischung. Aber wahrscheinlich musste man so sein, wenn man den Durchblick in Mathe hatte. Carolin setzte sich immer so weit wie möglich von ihm weg, riss alle Fenster auf und versuchte möglichst wenig zu atmen. Aber wie sollte man denn unter solchen Umständen auch besser in Mathe werden? Zum Lernen gehörte Atmen dazu.

Dr. Hutmacher blickte sie über den Goldrand seiner Brille streng an. „Das muss besser werden, Fräulein." Dann drehte er sich abrupt um und teilte die vier anderen Arbeiten mit der Note Sechs aus. „Fünf Mal eine Sechs! Unfassbar! Einfach unfassbar!" Kopfschüttelnd ging er zurück zur Tafel.

Carolin starrte auf das Blatt, bis die roten Striche vor ihren Augen zu einem blutroten See verschwammen. *Sechs! Voll versagt! Mit Nachhilfe. Das ist wie Untergehen mit Schwimmflügeln. Und jetzt? Ines killt mich. Auf der Stelle. Sperrt mich zu Hause ein. Mit meinem Mathebuch. Hausarrest für immer.* Carolin nagte an ihrer Unterlippe, wie sie es immer tat, wenn sie unsicher war. Nicht nur das. Langsam wurde es eng. Verdammt eng. Wenn sie sich nicht bald etwas einfallen ließ, war ihre Versetzung gefährdet. Aber was? Was war die Steigerung zu Nachhilfe? Carolin schluckte. *Ich fall durch und seh alle meine Freundinnen nie wieder. Ich komme in eine andere Klasse, bin dort die Älteste, alle verspotten mich als Sitzenbleiberin, mein Leben ist zu Ende ...*

„Hallo, Carolin", unterbrach Dr. Hutmacher ihre Gedanken. „Dürfte ich freundlicherweise auch um deine Aufmerksamkeit bitten?"

Carolin versuchte sich trotz ihres Kummers zu konzentrieren. Dr. Hutmacher trommelte mit einem Kugelschreiber gegen das Pult. „In drei Wochen werden wir wieder eine Arbeit schreiben. All diejenigen, die diesmal so gnadenlos versagt haben, erhalten dann die Möglichkeit ihren Notendurchschnitt zu verbessern."

Na toll! Carolin seufzte tief. *Wie soll ich das, was ich bis heute nicht verstanden habe, in drei Wochen verstehen? Zahlenreihen, drei verschiedene Arten von Klammern, spitze, runde, geschweifte, dazu Kommata und alles auf einmal?* Als es zur Pause klingelte, war Carolin so deprimiert, dass sie nicht einmal Lust hatte aufzustehen. Wie ein Häufchen Elend hing sie auf ihrem Stuhl.

Lina zupfte sie am Ärmel. „Na los, aufstehen! Raus an die Luft!", befahl sie.

Carolin schwieg und seufzte.

Lina packte ihr Pausenbrot aus und wedelte damit vor Carolins Nase herum. „Magst du mal beißen? Komm, ich geb dir was ab."

Carolin schob unwirsch Linas Arm weg. „Nee danke, mir ist der Appetit vergangen. Du hast gut lachen, du checkst den ganzen Mist, sogar ohne zu lernen."

„Hey, nun nimm's dir nicht so Herzen. Bei der nächsten Mathearbeit klappt es bestimmt besser", versuchte Lina sie zu trösten und legte Carolin die Hand auf die Schulter. „Ich übe auch nächste Woche mit dir, versprochen."

„Ach komm!" Carolin hievte sich hoch. „Du hast ja doch wieder keine Zeit."

Lina streckte zwei Finger gen Himmel. „Ganz großes Indianerehrenwort!"

Betrübt lehnte Carolin im Pausenhof an der Wand. War ja süß von Lina, dass sie mit ihr üben wollte, doch sie brauchte jemanden, der in der Lage war, alles so zu erklären, dass sie es verstehen konnte. Wenn das überhaupt möglich war!

„Schau dir das an!", riss sie Linas Stimme aus den Gedanken.

Carolin blickte in die Richtung, in die Linas Zeigefinger zeigte. Da stand Thorben zusammen mit Heike, Tina, Luisa und Julia und unterhielt sich offenbar ganz angeregt. Gerade packte er Heike am Arm und lachte laut los. Die anderen kicherten.

Lina stampfte mit dem Fuß auf den Boden und knurrte vor Wut. „Dieser Mistkerl!"

Carolin verdrehte leicht genervt die Augen. Für derartige Nichtigkeiten hatte sie nun gar keinen Sinn. Bei ihr ging es ums Überleben und nicht darum, ob und mit wem sich Thorben warum und worüber unterhielt.

„Vorgestern Abend hing er bei ihr rum, jetzt schon wieder", fauchte Lina.

„Und jetzt kommt er zu dir", ergänzte Carolin.

„Pah! Zu spät. Der kann mich mal!" Lina machte auf ihrem Stiefelabsatz kehrt und rauschte mit wehenden Röcken und Locken davon.

Als Carolin nach der Schule nach Lindenhain kam, stand Gunnar im Hof. Er unterhielt sich angeregt mit einer schlanken Frau mit langen blonden Haaren und einem

Mädchen, das exakt die gleichen langen blonden Haare hatte.

Gunnar winkte sie gleich zu sich. „Hi, Caro. Das sind Sandra Stiegler und ihre Tochter Maria. Sie ziehen für vier Wochen ins Ferienhaus. Und das ist Carolin, eine ausgezeichnete Reiterin und große Stütze auf dem Hof."

„Hallo." Carolin nickte den beiden zu. Sie hatten nicht nur exakt die gleichen blonden Haare, sondern auch die gleichen kornblumenblauen Augen. „Willkommen auf Lindenhain, dem schönsten Pferdehof der Welt."

„Meine Tochter Maria hat ein Problem mit Pferden, deshalb sind wir hier", erklärte Sandra sogleich eifrig und gestikulierte wild. „Sie weiß so viel über Pferde, wirklich, aber sie findet keinerlei Beziehung zu ihnen. Nicht etwa, weil sie Angst hat vor ihnen, nein, keinesfalls. Sie sagt, sie hat einfach keinen Draht zu ihnen." Während Sandra ohne Punkt und Komma redete, sah sich Maria, die etwa in Carolins Alter war, auf dem Hof um.

„Was meinen Sie denn genau mit: *keine Beziehung?*", erkundigte sich Gunnar.

„Wie gesagt, nicht dass sie Angst hätte. Voriges Jahr auf einem Sommerfest ist Maria auch schon mal auf einem Pony gesessen. Für einen Euro durfte man zwei Runden auf einem Pferd reiten, das von einem Mann geführt wurde. Sie saß völlig starr darauf. Ich versteh das nicht."

„Ich interessiere mich halt einfach nicht fürs Reiten. Wo ist das Problem?" Maria verdrehte die Augen. Der Vortrag ihrer Mutter war ihr sichtlich unangenehm.

„Ich frage Sie: Wie kann man sich nicht für Pferde und fürs Reiten interessieren? Alle jungen Mädchen lieben

Pferde und wollen reiten. Auch ich reite seit frühester Kindheit und bete Pferde an. Ich finde, es sind die herrlichsten Wesen, die auf Gottes Welt herumlaufen. Wie heißt es doch so schön: Das Glück der Erde liegt auf dem Rücken der Pferde. Ich versteh überhaupt nicht, dass Maria dem angeblich nichts abgewinnen kann."

Gottes Welt! Carolin grinste in sich hinein. *Seltsames Pärchen, die zwei. Ein bisschen wie bei Ines und mir, nur umgekehrt!*

Gunnar dagegen schien von den beiden hellauf begeistert zu sein. Er hing geradezu an Sandras Lippen. Maria warf er einen väterlich fragenden Blick zu. „Stimmt das denn, Maria?"

Maria zuckte nur genervt die Schultern.

Gunnar schob seinen Cowboyhut zurück. „Das kriegen wir schon hin." Er nickte Sandra zu. „Und Sie werden bestimmt auch einen angenehmen Aufenthalt bei uns auf Lindenhain haben. Hier können Sie Ihrer Pferdeliebe ausgiebig frönen."

„Tja dann." Sandra lächelte ihm zu. „Dann werden wir mal unser neues Domizil beziehen."

Gunnar reichte ihr einen Schlüsselbund. „Erster Stock, Zimmer 21. Ich zeige es Ihnen." Er nahm ihre Koffer und ging voran.

Carolin sah ihm grinsend hinterher. Es war das erste Mal, dass Gunnar einem Feriengast die Koffer trug, sonst zitierte er dafür immer Nick herbei. Aber es waren ja auch nicht alle so blond und hübsch wie diese Sandra.

Als die drei im Gästehaus verschwunden waren, stiefelte Carolin in den Stall. Die Tür zu Sternentänzers Box stand sperrangelweit auf. *Komisch! Was hat das zu bedeuten?* Carolin lief so schnell zur Box, dass sie beinahe auf einer Ladung Stroh ausgerutscht wäre.

„He ...!"

Sternentänzer war in seiner Box, aber nicht allein. Neben ihm stand Jan und striegelte ihn hingebungsvoll. Empört stemmte Carolin die Hände in die Hüften. Sie mochte es gar nicht, wenn sich jemand anders um Sternentänzer kümmerte. Außer Nick. Nick war auch der Einzige, der von dem Geheimnis des prächtigen Schimmels wusste. „Was machst du da?", fuhr sie Jan unwirsch an.

Jan drehte sich um und strich sich seine halblangen Haare hinter das Ohr. „Ich übe Fallschirmspringen, was denn sonst? Wonach sieht's denn aus?"

„Das ist mein Pferd", platzte Carolin aufgebracht heraus.

Jan klopfte mit der Hand auf Sternentänzers Rücken. „Schöner Gaul."

„Gaul! Gaul!" Carolin funkelte Jan wütend an. Wie konnte er es nur wagen, das schönste, klügste, schlauste und genialste Pferd der Welt *Gaul* zu nennen?

Ungerührt striegelte Jan weiter.

„Wer hat dir gesagt, dass du *mein Pferd* striegeln sollst?" Carolin war inzwischen stocksauer.

Jan sah sie gelangweilt an. „Alle Gäule. Ich soll alle Gäule im Stall striegeln, war die Ansage. Und das ist ja wohl ganz eindeutig der Stall. Und das ...", er klatschte Sternentänzer erneut auf den Rücken, „... ist ja wohl eindeutig ein Gaul."

Carolin drängte sich an Jan vorbei und tätschelte Sternentänzers samtene Nüstern. Sie legte den Kopf gegen seinen weichen Hals und wie immer, wenn sie seine Nähe spürte, wurde sie sofort viel ruhiger.

Jan hielt ihr den Striegel hin. „Aber tu dir keinen Zwang an! Ich reiß mich nicht drum. Ich hatte auch nicht vor, deinem Gaul etwas wegzustriegeln."

Carolin lehnte sich gegen die hintere Boxenwand. „Schon gut. Sorry, ich bin etwas gereizt. Hat nichts mit dir zu tun. Mathe und so."

Jan grinste. „Alles klar, ich erinnere mich noch dunkel. Als die Zahlenreihen immer länger wurden, hab ich der Penne den Rücken zugedreht." Er tätschelte Sternentänzers Hals. Verwundert beobachtete Carolin, wie sich der schöne Hengst die Berührung des Fremden gefallen ließ, ja sogar zu genießen schien. „Sternentänzer mag dich."

Jan feixte: „Trifft sich gut, ich mag ihn auch."

„Jaaaannnnnnn!", dröhnte auf einmal Gunnars laute Stimme durch den ganzen Stall. „Jaaaaaaaannnnnnn!"

Zwei Sekunden später stand Gunnar auch schon in der Boxentür und starrte auf Jan. Wenn Blicke töten könnten, wäre Jan auf der Stelle tot umgefallen. „Hier treibst du dich rum!" Er schrie immer noch. Sein Kopf unter dem Cowboyhut war hochrot vor Wut.

Carolin musterte ihn erstaunt. So hatte sie Gunnar in all den Jahren noch nie erlebt. Sogar Sternentänzer legte die Ohren an.

„Unter *rumtreiben* versteh ich was anderes", gab Jan lässig zurück.

„Werd bloß nicht frech, Bürschchen", giftete Gunnar.

„Was ist denn passiert?“, mischte sich Carolin ein.

Doch Gunnar beachtete sie gar nicht. Er hielt den Blick weiter starr auf Jan gerichtet. „Draußen steht das Weidetor auf und du quatschst hier rum. Ich hab dich nicht fürs Quatschen angestellt.“

„Ach nee?“, feixte Jan gelassen. Je breiter sein Grinsen wurde, desto wütender wurde Gunnar.

Carolin konnte die Situation nicht länger ertragen. „Jan hat nicht rumgequatscht, sondern auf Nicks Anweisung Sternentänzer gestriegelt“, versuchte sie zu schlichten.

Gunnar reagierte wieder nicht. „Ich kann dich jederzeit auf die Straße setzen, Bürschchen“, sagte er jetzt gefährlich leise. In ihm schien es zu brodeln wie in einem Vulkan kurz vor dem Ausbruch.

Jan zuckte die Schultern und sah ihn herausfordernd an. „Dann mach's doch. Feuer mich. Mir doch egal.“

Es sah so aus, als würde Gunnar jeden Moment die Hand heben. „Ich hab's ja gleich gewusst. Von einem wie dir kann man nicht mehr erwarten“, knurrte er dann zornig.

Ein paar Sekunden standen sich die beiden hasserfüllt gegenüber. Dann drehte sich Gunnar wortlos auf dem Absatz seiner Cowboystiefel um und verschwand. Jan zuckte mit den Schultern, zwinkerte Carolin kurz zu und folgte Gunnar.

Als die beiden Streithähne draußen waren, schloss Carolin die Boxentür hinter ihnen und liebkoste Sternentänzer gedankenverloren.

„Was war denn das, Sternentänzer? Gunnar führte sich auf, als wäre er vom tollwütigen Fuchs gebissen.“ Caro holte eine Karotte und hielt sie Sternentänzer hin, der sie laut krachend mampfte. „Gunnar war voller Hass auf Jan. Und dann diese komische Andeutung: von einem wie dir! Was bedeutet das?“ Carolin strich zärtlich über den schwarzen Stern auf Sternentänzers Stirn. „Dabei hat Jan doch gar nichts angestellt. Er hat wirklich nur gearbeitet. Und ich meine, selbst wenn wir hier gequatscht hätten, muss sich Gunnar nicht so aufführen. Ich finde diesen Jan gar nicht so übel, was meinst du?“

Sternentänzer schüttelte seinen eleganten Kopf - fast so, als würde er zustimmend nicken.

Wer hat das Geld gestohlen?

An diesem Nachmittag blieb Carolin noch eine ganze Weile bei Sternentänzer in der Box. Ausgiebig striegelte und bürstete sie sein herrliches Fell.

„Hallo“, rief auf einmal eine Frauenstimme in den Stall. „Ist da jemand?“

Carolin schlüpfte an Sternentänzer vorbei nach draußen in die Boxengasse. Im Stalleingang stand Sandra und spähte suchend umher. „Ja, ich bin hier hinten“, rief Carolin und lief zu ihr. „Warum kommen Sie nicht einfach in den Stall?“

Sandra deutete nur geschwind auf das Schild *Zutritt für Unbefugte verboten.* „Mein Geldbeutel ist weg. Und das ganze Geld auch“, platzte sie dann gleich los. Ihr Gesicht war bleich wie ein Stück Kreide.

Carolin starrte die Frau entsetzt an. „Wie bitte?“

„Kurz nachdem wir mit unserem Gepäck die Zimmer bezogen hatten, bin ich nur rasch ins Büro rüber, um die Formalitäten zu regeln. Die Tür, glaube ich, stand offen. Aber ich dachte mir nichts dabei. Wer ahnt denn schon, dass auf einem Pferdehof gestohlen wird?“ Sie sprach wieder ohne Punkt und Komma. Diesmal flackerten ihre kornblumenblauen Augen dazu alarmiert hin und her. „Als ich zurück in mein Zimmer kam, war mein schwarzer Geldbeutel verschwunden. Einfach weg!"

Ein Dieb auf Lindenhain? Unmöglich! Carolin wusste im ersten Augenblick nicht, was sie sagen sollte. „War denn viel Geld drin?"

„Ein paar hundert Euro. Unser Taschengeld für den Aufenthalt hier." Ihre Stimme klang verärgert.

Etwas hilflos stand Carolin vor der aufgebrachten Frau. „Ich kann mir wirklich nicht vorstellen, dass es hier Diebe gibt", erklärte sie dann. „Vielleicht haben Sie den Geldbeutel ja nur beim Auspacken verlegt?"

„Ich verlege nie etwas", gab Sandra sofort spitz zurück. „Niemals. Das Geld wurde gestohlen. Von einem gemeinen Dieb."

„Vielleicht hat Ihnen Ihre Tochter einen Streich gespielt."

„Meine Tochter spielt keine Streiche ..."

„Alles klar bei euch?" Gunnar kam herangestiefelt. „Schon gut eingelebt, Sandra?"

„Eingelebt ist gut ... mein ganzes Geld wurde geklaut", platzte Sandra sofort heraus.

Wie vom Donner gerührt blieb Gunnar stehen.

„Ich hab Sandra schon gesagt, dass es auf Lindenhain keine Diebe gibt", erklärte Carolin eifrig.

Gunnar schwieg. Sagte kein Wort. Stellte keine Frage. Ein paar Sekunden lang. Dann schob er seinen Cowboyhut zurück. „Verdammt noch mal! Ich hätte es wissen müssen", murmelte er und stürmte zum Haupthaus.

Sandra blickte ihm erstaunt nach. „Was hat denn das zu bedeuten?“

„Keine Ahnung“, antwortete Carolin. *Was ist denn das für eine merkwürdige Reaktion? Was hätte Gunnar denn wissen müssen? Dass auf Lindenhain gestohlen wird?!*

Während Sandra Gunnar kopfschüttelnd hinterhereilte, stiefelte Carolin zurück in den Stall. Mathekatastrophe, Diebesgeschichten und ein schräger Gunnar waren ein bisschen viel für einen Tag. „Ich muss an die frische Luft“, entschied sie. „Auf Sternentänzers Rücken über die Wiesen galoppieren, bis der Wind meinen Kopf leer gefegt hat.“

Die Tür zur Sattelkammer war sperrangelweit auf. Carolin ging hinein, um Sternentänzers Sattel zu holen, doch sie konnte ihn nicht finden. „Seltsam“, murmelte sie. „Ich weiß ganz genau, dass ich ihn gestern an seinen Platz gelegt habe. Wie immer.“ Sie kratzte sich am Kopf. „Ob der Geldbeuteldieb auch Sättel stiehlt?“ Gründlich durchsuchte sie die ganze Kammer, doch Sternentänzers Sattel blieb unauffindbar. Dafür entdeckte sie in der hintersten Ecke einen völlig verstaubten Sattel mitsamt Zaumzeug.

Er war offenbar schon lange nicht mehr benutzt worden, denn das Leder war ganz hart. Carolin pustete die Staubschicht weg und betrachtete ihren Fund. *„Wenn man das Teil vorsichtig mit warmem Wasser reinigt und dann mehrmals Pflegeöl aufträgt, dürfte das Leder wieder schön geschmeidig werden“,* überlegte sie und schulterte den Sattel. Mit dem Fuß stieß sie die Tür zu Sternentänzers Box auf. „Schau mal, was ich gefunden habe“, begann sie und warf den Sattel auf den Boden. „Ist zwar etwas verstaubt, aber das kriegen wir schon wieder hin. He, Sternentänzer, was ist denn mit dir?"

Verwundert betrachtete sie das Pferd, das plötzlich zurückwich. Mit aufgerichtetem Hals, geblähten Nüstern und weit aufgerissenen Augen, die Ohren eng nach hinten gelegt. Es schien geradezu, als habe es Angst vor dem Sattel.

„Sternentänzer, was hast du denn?" Carolin streichelte sanft seinen Hals. Der ganze Pferdekörper schien zu vibrieren. „Das ist doch nur ein Sattel. Total verschmutzt, aber sonst ganz normal", redete sie beruhigend auf Sternentänzer ein. Doch der ließ sich nicht beruhigen, es sah aus, als würde er gleich steigen.

Fassungslos betrachtete Carolin ihr Pferd. Schließlich bückte sie sich, schulterte den Sattel und trug ihn wieder dorthin zurück, wo sie ihn gefunden hatte. Anschließend ging sie zurück in Sternentänzers Box.

Dort blickte ihr Sternentänzer mit großen, dunkel glänzenden Augen entgegen und stand wieder ganz normal da. Carolin streichelte ihn. Locker pendelte der leicht angehobene Schweif hin und her. Das Pferd war völlig ruhig. Wie immer.

Carolin fuhr sich mit beiden Händen durch die Haare. „Oh Mann, ich glaub, ich dreh langsam durch! Bilde mir schon ein, Sternentänzer würde sich vor einem Sattel fürchten. Aber wär das ein Wunder, bei all dem Chaos in der letzten Zeit!", murmelte sie, holte danach Cinderellas Ausrüstung und sattelte Sternentänzer.

Als sie von ihrem Ausritt zurückkam, fing Nick sie kurz vor dem Stall ab. „Dringlichkeitssitzung im Gemeinschaftsraum, alle sollen kommen."

Carolin glitt aus dem Sattel. „Meinetwegen, aber ich muss erst Sternentänzer absatteln und trockenreiben."

Nick runzelte die Stirn. „Aber mach besser superfix! Gunnar ist jetzt schon auf 180."

Carolin führte Sternentänzer in seine Box. *Was ist denn nun schon wieder? Ob es mit Jan zu tun hat? Seit der auf Lindenhain ist, ist die Stimmung nur noch mies.* Carolin seufzte, während sie Sternentänzers seidenweiches Fell bearbeitete. *Vielleicht will Gunnar ihn rauswerfen? Vielleicht ist es das, was er verkünden will? Aber warum hat er ihn dann überhaupt eingestellt?* Als Sternentänzer einigermaßen trocken war, lief sie hinüber zum Haupthaus.

Die anderen warteten schon auf sie. Gunnar stand am Fenster und rauchte, was er eigentlich nur tat, wenn seine Nerven sehr angespannt waren. Nick und Jan saßen schweigend an einem der Tische. Vicky war nicht da, sie kam erst übernächste Woche von einer Fortbildung zurück. Ferdi bearbeitete den Getränkeautomaten. Als Carolin durch die Tür schlüpfte, überzog ein Lächeln sein Gesicht. Carolin lächelte zurück und spürte für einen winzig kleinen Moment in ihrem Bauch wieder den leichten Flügelschlag des kleinen Schmetterlings.

„Na endlich", knurrte Gunnar und drückte die halb fertig gerauchte Zigarette im Aschenbecher aus. Carolin und Ferdi setzten sich hin.

Gunnar stellte sich hinter einen Stuhl und stemmte sich mit den Händen auf der Lehne ab. „Was wir heute zu klären haben, ist eine mehr als unerfreuliche Sache", begann er und schaute in die Runde. Sein Blick blieb an Jan hängen. „Wir haben einen Dieb auf Lindenhain", sagte er, ohne die Augen von Jan abzuwenden.

„Einen Dieb?", wiederholte Nick perplex.

„Was hat er denn gestohlen, Pferdeäpfel?", warf Jan feixend in die Runde.

Gunnar drückte die Stuhllehne so fest, dass seine Handknöchel weiß hervortraten. „Geld", sagte er dann bemüht beherrscht. „Sandra, unserem Feriengast, fehlen ein paar hundert Euro. Sie hatte das Geld in ihrer Handtasche, die nur ganz kurz unbeaufsichtigt in ihrem Zimmer lag. Zimmer 21. Jetzt ist das Geld weg. Spurlos verschwunden."

„Vielleicht hat sie das Geld woanders hingelegt", warf Nick ein. Er sah sich um. „Ich kann mir echt nicht vorstellen, dass einer von uns ein Langfinger sein soll."

Gunnar feuerte erneut seine Giftblicke in Richtung Jan. „Ich schon."

Völlig entsetzt blickte Carolin auf Gunnar. *Wie ist der denn drauf, dass er Jan ohne Beweise des Diebstahls verdächtigt?,* überlegte sie.

Alle Augen richteten sich auf Jan. Der stand wortlos auf, grätschte seine Beine, streckte seine Arme von sich und grinste. „Und, wer will mich durchsuchen? Freiwillige vor."

Nick zupfte an Jans Overall. „He, Jan, beruhig dich! Setz dich wieder! Gunnar hat das nicht so gemeint, stimmt's, Gunnar?"

Gunnar schwieg.

„Dann mach ich's eben selber." Jan fasste tief in seine

Overalltaschen und schmiss den Inhalt auf den Tisch: eine aufgerissene Cherry-Mint-Kaugummipackung, ein paar Münzen, ein kleiner Bernstein, eine verbogene Büroklammer und drei zusammengeklebte Gummitiere. Jan sammelte die Münzen zusammen und streckte seine Hand Gunnar entgegen. „Sollte das der Betrag sein, der fehlt ..."

Gunnar knallte den Stuhl gegen den Tisch. „Ich kann dir zwar noch nichts beweisen, aber eines Tages kann ich es. Wart's nur ab!", schnaubte er wutentbrannt, drehte sich um und ging.

Nick grinste breit. „Coole Vorstellung."

Carolin schüttelte den Kopf. „Was ist nur in Gunnar gefahren? So kenn ich ihn gar nicht. Wie er Jan behandelt, finde ich superunfair. Und diese Verdächtigung ist echt obermies."

Jan deutete eine Verbeugung an. „Verbindlichsten Dank."

„Aber irgendwer muss die Kohle doch genommen haben", gab Ferdi zu bedenken und trank einen Schluck Cola.

Nick zuckte mit den Achseln. „Kann ja auch jemand gewesen sein, der zufällig vorbeikam. Ich bin sicher, dass sich unter uns kein Dieb befindet." Er schlug Jan auf den Rücken. „Und Jan ist voll in Ordnung."

„Danke für die Blumen", murmelte Jan und packte seine Habseligkeiten zurück in die Overalltaschen. „Dann mach ich mich mal wieder an die Stallarbeit." Sprach's und stiefelte hinaus.

Carolin sah ihm mitleidig nach. „Gunnar ist grad so was

von unfair. Ständig macht er Jan nieder. Wegen nichts und wieder nichts!“

Nick nickte. „Dabei macht er sich echt gut hier. Er kommt mit den Tieren klar und ist mir eine große Hilfe. Ich find ihn auch als Typ ganz witzig.“ Er grinste. „Der lässt sich nichts gefallen.“

Carolin kicherte. „Kann man wohl sagen.“

Nick erhob sich.

Doch Carolin hielt ihn zurück. „Wir müssen unbedingt herausfinden, wer das Geld geklaut hat. Den Gedanken, dass auf Lindenhain ein Dieb rumschleicht, find ich beunruhigend. Ich vermisse übrigens auch was.“

Nick horchte erstaunt auf. „Sag bloß, dir ist auch Kohle gestohlen worden?“

Carolin schüttelte den Kopf. „Sternentänzers Sattel und sein Zaumzeug.“

Nick winkte ab. „Sorry, ich hab Jan damit beauftragt, mal alles zu putzen, was in der Sattelkammer so rumsteht. Vermutlich bearbeitet er deine Sachen gerade.“

Caro atmete erleichtert auf. Damit war zumindest das geklärt. „Bleibt noch das Geld.“

„Wenn überhaupt was verschwunden ist“, warf Nick ein. „Ich kann mir einfach nicht vorstellen ...“

„Du meinst, diese Sandra hat das nur erfunden?“, fiel ihm Caro ins Wort. „Oder Gunnar, weil er Jan was anhängen will?“

Nick zuckte mit den Schultern. „So wie der grad drauf ist ...“

„Niemals.“ Carolin schüttelte energisch den Kopf. „So was Fieses würde Gunnar niemals tun.“

„Kann ich mir auch nicht vorstellen. Warum auch? Er bräuchte ihn doch nur wieder zu feuern, wenn er es nicht mit ihm kann“, stimmte ihr Ferdi zu und zielte mit seiner leeren Coladose in Richtung Papierkorb.

„Und was ist mit dieser Sandra?“

Carolin rutschte auf ihrem Stuhl nach vorn. „Ich glaub nicht, dass die so was erfindet.“

Nick guckte düster. „Das würde dann bedeuten, dass es tatsächlich einen Langfinger auf Lindenhain gibt.“

„Den wir schleunigst finden sollten“, ergänzte Carolin. *Und werden,* fügte sie in Gedanken hinzu. *Ich werde Sternentänzer befragen. Wie damals, als der Diebstahl in der Schule passierte und dank Sternentänzer der Täter gefunden werden konnte.*

Es gab lediglich ein kleines Problem. Sie konnte nur in einer Vollmondnacht auf Sternentänzer ausreiten und ihn befragen. Und erst letzte Woche hatte die runde Scheibe prall und golden leuchtend vom Himmel gegrüßt. Der Dieb konnte also noch drei Wochen lang sein Unwesen auf Lindenhain treiben. Oder in der Zwischenzeit über alle Berge verschwinden.

Ferdi weiß Rat

Es war Anfang November und dicke, schwere weiße Flocken klatschten zur Erde. Carolin lehnte in ihrem Zimmer am Fenster und drückte sich die Nase platt. Der erste Schnee. Normalerweise freute sie sich wie eine Schneekönigin über die ersten Flocken. Auf den ersten Ritt mit Sternentänzer durch den verschneiten Winterwald. Die erste Schneeballschlacht, den ersten Schneemann. Doch in diesem Jahr war alles anders.

Der Tag der nächsten Mathearbeit rückte immer näher. Es waren gerade noch zehn Tage bis zur alles entscheidenden Arbeit, doch Carolin hatte trotz Nachhilfe noch keine wesentlichen Lernerfolge erzielt. *Wenn ich diese Mathearbeit auch wieder versemmle, dürfte das Jahr gelaufen sein und dann heißt es wohl, erst einmal Abschied nehmen von Lindenhain.* Carolin seufzte. Zweimal hatte sie mit Lina einen Termin zum Mathelernen verabredet, doch jedes Mal hatte die Freundin kurzfristig abgesagt.

Carolins Blick fiel auf ihren Schreibtisch. Ganz groß und drohend lag dort das Mathebuch. Seit Tagen schon. So oft hatte sie sich vorgenommen, sich hinzusetzen und zu lernen. Doch es gab tausend Dinge, die zuvor erledigt werden mussten. Der Tanz der Schneeflocken wurde immer spärlicher, bis er schließlich ganz aufhörte. Carolin spähte zuerst in den Himmel, wo sich die Wolkendecke langsam lichtete, dann auf die Wiese, die noch so grün war wie zuvor. Es war wie ein Spuk, der keinerlei Spuren hinterlassen hatte.

Carolin zwang sich an ihren Schreibtisch. „Du musst jetzt Mathe lernen, Carolin Baumgarten", feuerte sie sich selbst an. Sie stöhnte, schlug das Buch auf, nahm sich einen Block und einen Bleistift und starrte so lange auf die Buchseite, bis die Zahlenreihen vor ihren Augen tanzten wie zuvor die Schneeflocken. „Reiß dich zusammen, Caro!", murmelte sie. Doch statt Zahlen malte sie lauter kleine völlig missratene Pferde auf das leere Blatt Papier. Wenn Carolin etwas nämlich gar nicht konnte, dann war das Pferde zeichnen. „Schau in das Buch, Caro! Konzentrier dich! Kein Mathe, kein Lindenhain." Carolin schrieb ein paar Zahlenreihen aus dem Buch ab, starrte auf die Aufgabe. Entmutigt warf sie nach einer Weile den Stift auf den Tisch. „Mist! Wie soll ich etwas lernen, was ich nicht kapiere? Null!" Sie knallte das Buch wieder zu. „Könnte ebenso gut alles auf Chinesisch dastehen. Oder Arabisch. Oder in Pferdesprache ..."

Carolin sprang auf und fuhr sich mit beiden Händen durch die Haare. Dann schnappte sie sich ihre Jacke und hechtete aus ihrem Zimmer. „Sternentänzer, ich komme", murmelte sie dabei. „Besser wir verbringen die Zeit zusammen, solange es noch geht."

„Ach Caro!" Ines stellte sich ihr im Flur in den Weg.

„Ja?“

„Sei bitte pünktlich zum Essen da. Ich koche, Jo kommt auch.“ Ines machte eine kleine Pause. „Hoffentlich. Falls nicht wieder irgendein Tier rumzickt.“

Carolin war erst wenige Meter geradelt, als sie spontan entschied zuerst noch einen Abstecher bei Lina zu machen. Schon so lange wollte sie mit der Freundin in Ruhe über Ferdi sprechen, doch bisher hatte es nie geklappt. *Also, neuer Anlauf!*

Lina lebte in einer Wohnwagensiedlung auf einer großen Wiese etwas außerhalb von Lilienthal. Ihre Eltern verkauften Kräuterprodukte auf Jahrmärkten, sie waren viel unterwegs. Und ihre Großmutter Ami war die ungewöhnlichste Oma der Welt: Sie war eine Heilerin und Kräuterhexe. Lina hatte diese Eigenschaften von ihrer Oma geerbt und nahm seit einiger Zeit auch Unterricht bei Ami. Doch vor lauter Thorben war sie dabei momentan oft unkonzentriert und nicht bei der Sache.

Der Weg dorthin war vom Schneeregen so matschig, dass Carolin absteigen und ihr Rad das letzte Stück schieben musste. Auch die Wiese war total nass. Doch schließlich erreichte Carolin den hellgelben Wohnwagen und spähte durch die apfelgrünen Vorhänge in Linas Zimmer. Keine Lina. Carolin fröstelte. Sie zog den Reißverschluss ihres Anoraks bis zum Anschlag. *Ich versteh nicht, wie Lina im Winter im Wohnwagen leben kann,* dachte Carolin. Aber Lina war ja ohnehin völlig anders. Mühsam bugsierte Carolin ihr Rad durch den Matsch weiter zu Amis kunterbuntem Wohnwagen, der etwas abseits stand.

„Ami, warte!“, rief Carolin Ami zu, die gerade die Wohnwagentür hinter sich zuziehen wollte.

Ami hatte ein feuerrotes Tuch über ihre langen grauen Wallehaare gebunden und an ihren Ohren baumelten lange goldene Ohrringe. Sie drehte sich um und begrüßte Caro freundlich. „Hallo, Caro.“

„Ami, ist Lina da?“

Ami schlüpfte in den Wohnwagen und deutete Carolin an, ihr zu folgen. Freundlich lächelte sie Carolin mit ihrem schneidezahnlosen Mund an. „Ich habe gerade frischen Jasmintee zubereitet. Magst du eine Tasse?“ Ami kochte den besten Jasmintee der Welt und der ganze Wohnwagen duftete wie eine nordafrikanische Gartenanlage im Frühling.

Carolin blieb vor der Tür stehen. „Supergerne, aber ich hab leider keine Zeit. Ich muss Mathe lernen. Und deswegen such ich Lina.“

„Lina.“ Amis unterschiedlich grüne Augen funkelten, während sie Tee in eine Tasse goss. „Sie hat zweimal meinen Unterricht abgesagt. Das ist gar nicht gut, Carolin.“

„Ich weiß, Thorben hier, Thorben da.“

„Die Liebe ist gut“, erklärte Ami. „Aber sie darf nicht das ganze Leben verschlingen.“

Carolin seufzte. „Ami, du hast nicht zufällig einen Mathezaubertrank parat? Oder einen Saft der Erleuchtung, den man vor der Mathearbeit trinkt, und schon weiß man alle Lösungen?“

Ami lächelte weise. „Es gibt Dinge im Leben, die kannst du nur selbst lösen."

„Hab ich fast befürchtet", meinte Carolin und drehte ihr Rad. „Ciao, Ami."

„Glaub mir, Kind, wenn dir alles ohne Ausweg erscheint, kommt von irgendwoher eine Lösung."

Carolin nickte. „Hm. Mir fällt nur eine ein: Dr. Hutmacher löst sich in Luft auf." Zum Abschied drückte sie noch mal kräftig auf ihre Fahrradklingel.

Ich erzähle Lina am besten nichts von Ferdi, dachte Carolin erbost, als sie nach Lindenhain unterwegs war. *Ich will eh nichts von Ferdi, also brauch ich Lina auch nichts davon zu erzählen. Und außerdem, Lina ist sowieso nie da. Pah! Und wenn sie mal da ist, geht's auch nur um das eine.* Carolin äffte Linas Stimme nach. „Der Mistkerl, spricht schon wieder mit Heike, blablabla ..."

Auch auf Lindenhain hatte der Schneeregen Spuren hinterlassen. Auf dem Pflaster hatten sich ein paar große Pfützen gebildet. Carolin radelte hindurch und streckte die Beine nach vorne, um nicht nass zu werden.

„Und jetzt noch die Hände loslassen", grinste Ferdi, der ihr mit einer riesengroßen Tasche aus dem Ferienhaus entgegenkam.

„Das hättest du wohl gern", kicherte Carolin und rollte zum Radständer.

„Ich würd dich auch auffangen", erklärte Ferdi und ganz kurz herrschte wieder eine merkwürdige Stimmung.

„Nicht nötig." Carolin deutete auf Ferdis Tasche. „Was schleppst du denn da mit dir rum?"

Ferdi stellte die Tasche ab. „Schlittschuhe, Knieschoner, Kopfschutz, Fanghand, zwei Schläger, drei Pucks, kurz meine Eishockeyausrüstung."

„Du bist auf dem Weg zum Training", stellte Carolin ein wenig enttäuscht fest. Nicht mal Ferdi hatte Zeit.

Ferdi bemerkte ihren bedrückten Gesichtsausdruck. Er zögerte kurz, dann zückte er sein Handy. „Weißt du was, ich sag das Training ab."

Carolin winkte ab. „Nee, musst du nicht."

Ferdi schrie auf und fasste sich theatralisch an seinen Oberschenkel. „Oh nein! Mein Bein." Er hüpfte auf einem Fuß auf und ab. „Ganz plötzlich überfällt mich ein tierischer Krampf. Ich kann heute gar nicht trainieren."

Carolin schmunzelte.

Ferdi tippte rasch eine SMS. „Wo brennt's denn?", fragte er dann.

„Nirgends. Es ist echt nichts."

„Ach, und wegen nichts machst du so ein Gesicht?"

Carolin wollte sich auf eine Stufe fallen lassen. Ferdi war schneller. Er zog rasch seine Jacke aus, faltete sie zusammen und legte sie unter Carolins Hintern. „Damit du nicht nass wirst", sagte er und grinste leicht verlegen.

„Danke."

„Ist es wegen Jan?"

„Nein ... doch auch ... ein bisschen." Carolin seufzte. „Aber vor allem ist es wegen Mathe. Ich hab null Durchblick, meine Mathenachhilfe Johannes ist einfach nur ätzend. Und wenn ich die nächste Mathearbeit wieder in den Sand setze, fall ich durch und Mam streicht Lindenhain. Garantiert."

„Hm." Ferdi überlegte. „Und wann genau schreibst du nun diese alles entscheidende, lebensbedrohliche Mathearbeit?"

„Übernächste Woche."

„Das könnte reichen." Ferdi packte Carolin am Arm. „Ich hab einen Kumpel, Frieder, der ist der Oberchecker überhaupt. Mister Mathe nennen wir ihn. Keine Aufgabe ist vor ihm sicher."

Carolin zuckte frustriert die Achseln. „Schön für ihn."

„Und für dich. Er kann super erklären. Wenn er loslegt, verstehst du einfach alles."

„Toll! Und was soll das nutzen?" Carolin stand auf.

Ferdi grinste sie an. „Ganz einfach, Caro. Dieser Frieder gibt über die Schülerhilfe auch Nachhilfe in Mathe."

Carolin verstand nur Bahnhof. „Ja gut, aber du weißt doch, ich hab da keinerlei Einfluss drauf, welchen Nachhilfelehrer die mir von der Schülerhilfe schicken."

Doch Ferdi war in seinem Element. „Das Problem kann ich lösen. Ich hab über das Eishockey ein paar ganz gute Kontakte. Zufällig kenn ich da auch jemanden von der Schülerhilfe, mit dem könnte ich reden, dass sie einen Lehrerwechsel vornehmen."

Carolin sah Ferdi überrascht an. „Wie? Das würdest du tun? Im Ernst?"

Ferdi nickte. „Kein Thema. Du bist in Not. Ist doch glasklar, dass ich dir helfe, wenn ich kann."

Carolin nagte an ihrer Unterlippe. „Und du meinst echt, die Nachhilfe mit diesem Frieder bringt was?"

„Wenn dir Frieder nicht helfen kann, dann keiner." Voller Vorfreude machte Ferdi einen Satz. „Ich telefonier noch heute, damit die den internen Tausch gleich arrangieren können. Und dann sollen sie deiner Mutter auch Bescheid geben. Okay?"

Carolin hob die Jacke auf und gab sie Ferdi wieder zurück. „Danke."

„Du, Caro."

„Ja?"

„Was machst du jetzt?"

„Ausreiten." Carolin marschierte in Richtung Stall davon. „Wenn ich mit Sternentänzer unterwegs bin, vergess ich alle Sorgen."

Ferdi überlegte einen Augenblick, dann folgte er ihr. „Würde es dir was ausmachen, wenn ich mitkomme?"

Carolin sah Ferdi verblüfft an. „Du willst mit mir ausreiten? Wirklich?"

Ferdi war kein besonders guter Reiter und Pferde flößten ihm eher Angst ein. Daher stieg er normalerweise nur unter Androhung härtester Strafen in den Sattel. Na ja, fast!

„Ich dachte, bestimmt macht es auch Sternentänzer und Cinderella Spaß, mal zusammen loszutraben."

„Bestimmt", pflichtete ihm Carolin schmunzelnd bei.

Ferdi strahlte über das ganze Gesicht. „Dann hast du also nichts dagegen?"

„Allerdings unter zwei Bedingungen: Erstens, du machst Cinderella allein fertig und zweitens, wir reiten nicht im Bummelzugtempo."

„Akzeptiert."

Keine halbe Stunde später ritten die beiden Seite an

Seite vom Hof. Als sie zur Wiese kamen, sah sich Ferdi besorgt um. „Es ist alles so matschig hier, ist das nicht gefährlich?“

Carolin nickte ernst. „Wir hätten den Pferden Gummistiefel anziehen sollen ... Quatsch! Das macht denen nichts.“ Sie trieb Sternentänzer an. „Los, komm schon!“

Ferdi behielt Recht. Sternentänzer und Cinderella genossen den gemeinsamen Ausritt. Immer wieder jagten sie hintereinander her. Mal lief Sternentänzer voran, mal Cinderella. Ferdi hatte größte Mühe sich festzuhalten, doch er verzog keine Miene und strengte sich an. Sie galoppierten über die Wiese, dann den schmalen Waldweg entlang bis zum kleinen See.

„Brrr!“ Carolin stoppte Sternentänzer und stieg ab.

Auch Ferdi schwang sich aus dem Sattel und schaute sich um. Die Seeoberfläche war spiegelglatt, ein paar Sonnenstrahlen spiegelten sich im Wasser, einige Wildenten schwammen gemächlich ans andere Ufer.

„Schön hier“, meinte Ferdi.

„Meine und Linas Lieblingsstelle“, erklärte Carolin. Wie oft hatte sie mit Lina am Ufer gesessen und gequatscht! „Und hier“, Carolin bückte sich und fuhr mit der Handfläche über den Boden. „Hier irgendwo liegen unsere Haarsträhnen vergraben.“

Ferdi lehnte sich an einen Baumstamm. „Habt ihr euch die gegenseitig ausgerissen?“, feixte er.

Carolin boxte ihn mit der Faust in den Bauch. Ferdi tat, als sei er schwer getroffen und setzte ein leidendes Gesicht auf. „Natürlich nicht. Das hat mit unserem Schwur zu tun.“ Es schien, als wäre es gestern gewesen, dass sie Lina von Sternentänzers Geheimnis erzählt hatte. Und Lina hatte geschworen, niemandem etwas zu verraten.

„Was war das für ein Schwur?“, wollte Ferdi wissen.

„Ach“, begann Carolin und tätschelte Sternentänzers Hals. *Soll ich Ferdi von deiner magischen Gabe erzählen? Oder ist der richtige Augenblick noch nicht gekommen? Nein, nicht jetzt! Vielleicht irgendwann.* „Nichts Besonderes“, winkte sie schließlich ab. „Mädchensache.“

Ferdi kramte in seiner Jackentasche und zog zwei Schokoriegel heraus. „Magst du?“

Carolin nickte und lehnte sich neben ihn an den Baumstamm.

„Schau mal!“ Ferdi deutete zu Sternentänzer, der seinen Kopf sanft an Cinderellas Hals rieb. „Die zwei passen richtig gut zusammen.“ Ferdi zerknüllte das Schokoriegelpapier. „Wie wir beide eigentlich auch“, murmelte er und blickte Caro dabei tief in die Augen.

Für einen Augenblick blieben ihre Blicke ineinander gefangen. Carolin spürte wieder das leichte Kribbeln in ihrem Bauch. Doch als sich Ferdi zu ihr beugen wollte, sagte sie hastig: „Lass uns zurückreiten!“

„Okay“, stimmte Ferdi ein wenig enttäuscht zu. „Ach, Caro, warte noch kurz. Ich möchte dich was fragen.“

Zögernd drehte sich Carolin zu Ferdi um. „Ja, was gibt’s denn?“

„Du, Caro, meine Mutter organisiert doch reihum ihre Wohltätigkeitsdinner. Du weißt schon, wo sie Leute mit Kohle einlädt, um Geld für einen guten Zweck zu sammeln. In knapp zwei Wochen findet so ein Dinner in Grünstadt statt.“

Carolin sah ihn fragend an.

„Meine gesamte Familie rollt an und meine Mutter besteht darauf, dass ich auch hinkomme. Ich wollte dich fragen, oder besser, dich bitten, ob du mich begleitest?" Ferdi sah sie mit einem Dackelblick an. „Lass mich nicht im Stich, Caro! Ich würde mich sehr freuen."

Carolin zögerte einen Augenblick. „Das ist kurz nach meiner Mathearbeit, wenn's gut läuft, komme ich mit. Versprochen."

Das verräterische Kaugummipapier

Als Carolin und Ferdi auf Lindenhain eintrafen, stand Dr. Sanders gelber Flitzer auf dem Hof. Während Ferdi gleich zum Stall ritt, sprang Carolin rasch aus dem Sattel und eilte besorgt zu ihm. „Ist was passiert?“

Dr. Sander winkte ab. „Abrechnungskram. Ich brauche noch ein paar Unterschriften von Gunnar.“

„Hi, Caro.“ Thorben stieg auf der Beifahrerseite aus. In diesem Moment spazierte Maria aus dem Gästehaus. Ihre langen hellen Haare leuchteten in der Sonne wie flüssiges Gold. Thorben fuhr herum. „Wer ist denn das?“

„Maria, ein Feriengast. Sie ist mit ihrer Mutter hier, weil sie ein Problem mit Pferden hat.“

„Aha“, machte Thorben. „Was denn für ein Problem?“

„Da musst du sie schon selbst fragen.“ Carolin grinste. „Aber so wie ich es mitbekommen habe, hat sie weniger ein Problem mit den Pferden als mit der Mutter.“

Das „musst sie selbst fragen“ war eigentlich nur so dahingesagt. Doch Thorben setzte es sogleich in die Tat um und lief auf Maria zu.

Carolin sah den beiden nach, wie sie im Ferienhaus

verschwanden, dann führte sie Sternentänzer in seine Box. Als sie ihn versorgt hatte und den Stall wieder verließ, rollte Gunnars Wagen gerade auf den Hof. Er hielt direkt neben Dr. Sanders Flitzer. Gunnar stieg aus, knallte die Tür zu und stampfte mit mürrischem Gesicht über den Hof. Die Beifahrertür öffnete sich und Vicky stieg aus. Kopfschüttelnd zerrte sie ihren Koffer vom Rücksitz.

Nick kam gleich auf sie zugelaufen und half ihr mit dem Gepäck. Carolin folgte ihm. „Hey, Vicky. Schön, dass du wieder da bist."

„Danke." Sie deutete mit dem Kopf in Gunnars Richtung. „Scheint nicht jeder so zu sehen."

Carolin winkte ab. „Hat nichts mit dir zu tun. Gunnar ist schon die ganze Zeit so komisch drauf. Aber es gibt auch was Erfreuliches."

„So, was denn?"

„Wir haben einen Neuen. Jan heißt er und scheint ganz in Ordnung zu sein."

Vicky strahlte Carolin an. „Du findest, dass er in Ordnung ist?"

„Klar! Oder Nick?"

Nick nickte verhalten.

„Ach, das freut mich aber", rief Vicky so begeistert, als hätte sie soeben erfahren, dass einer ihrer Kuchen prämiert werden würde. Carolin und Nick wechselten erstaunte Blicke.

„Es gab aber auch ein Problem."

„So, was denn?" Sie deutete mit dem Kopf erneut in Gunnars Richtung. „Abgesehen von der Laune dieses Herrn."

Nick blieb mitsamt Koffer stehen. „Es ist Geld verschwunden."

Auch Vicky hielt inne. „Das darf doch nicht wahr sein", rief sie entsetzt.

„Ist leider so. Und Gunnar verdächtigt Jan."

Vicky schnaubte empört durch die Nase. „Oh, das kann ich mir sehr gut vorstellen."

Gut vorstellen? Carolin und Nick wechselten erneut erstaunte Blicke. Waren plötzlich alle durchgedreht?

„Na, den knöpf ich mir vor!" Mit energischen Schritten eilte Vicky davon, drehte sich aber gleich darauf noch mal um. „Ach übrigens, Jan ist mein Neffe. Hat Gunnar euch das nicht erzählt?" Damit verschwand sie im Haupthaus.

Carolin und Nick starrten Vicky ungläubig hinterher. Was hatte sie da gesagt? Die beiden guckten sich mit großen Augen an.

Nick fasste sich schließlich als Erster wieder. „Komisch, dass Gunnar das nie erwähnt hat!"

„Ja, echt komisch." Langsam löste sich auch Carolin wieder aus ihrer Erstarrung. „Meinst du, es könnte sein, dass er Jan nicht ganz freiwillig eingestellt hat, sondern weil Vicky es wollte? Und deshalb hat er so seltsam reagiert."

Nick nickte. „Möglich." Dann fasste er Carolins Arm. Vickys Koffer stand noch immer neben ihm am Boden. „Du, da ist noch was."

„Was denn?"

Nick runzelte die Stirn. „Es könnte sein, dass Gunnar doch Recht hatte."

Carolin fuhr herum. „Womit?"

„Na ja." Nick streifte mit seinem Gummistiefel über den

Boden. Offenbar fiel ihm das, was er sagen wollte, nicht leicht. „Das mit Jan."

„Was?"

„Dass er der Dieb gewesen sein könnte."

Carolin starrte ihn fassungslos an. „Wie kommst du nun darauf?"

Nick kramte ein Stück Kaugummipapier aus seiner Overalltasche. „Hier, Cherry Mint. Genau die Sorte, die Jan immer kaut."

„Na und?" Carolin zuckte die Achseln. „Gibt es etwa eine Forschungsstudie, die besagt, dass alle Cherry-Mint-Kauer Diebe sind?"

Nick verzog keine Miene. „Ich hab ein bisschen Detektiv gespielt. Rate, wo ich das Papier gefunden habe? ... In Zimmer 21. Unter dem Schreibtisch."

„Hm. Und wie ist es dorthin gekommen?" Carolin zog eine Grimasse. „Glaubst du, er hat mal schnell 'ne Pause gemacht und sich einen Kaugummi ausgewickelt, während er Sandras Handtasche durchsucht und das Geld gestohlen hat?", witzelte sie.

„Quatsch!" Nick guckte grimmig. Er war überhaupt nicht zu Späßen aufgelegt. Dazu war die Angelegenheit viel zu ernst. „Aber es kann doch sein, dass ihm so ein Papier aus der Hosentasche gefallen und unter den Schreibtisch geflattert ist, als er eilig die Kohle reinsteckte."

Carolin sah Nick mit großen Augen an. „Hm, das könnte tatsächlich sein."

„Fakt ist, irgendjemand hat das Geld geklaut. Und Fakt ist auch, dass ich dieses Papier ...", Nick knisterte mit dem Papier zwischen seinen Fingern, „... dass ich dieses Kaugummipapier in Sandras Zimmer gefunden habe, wo die Kohle war. Ich würde sagen, das macht unseren lieben Jan hochgradig verdächtig."

Carolin verschränkte die Arme. „Was willst du jetzt tun? Zu Gunnar laufen und alles erzählen?"

„Nee." Nick steckte das Papier zurück in seine Tasche. „Wir sagen Jan alles auf den Kopf zu und sehen, wie er reagiert. Danach können wir Gunnar immer noch alarmieren."

Jan war im Stall und schaufelte eine Gabel voll Mist nach der anderen auf die Mistkarre. Auf seiner Stirn standen kleine Schweißperlen, die Haare hingen ihm wild ins Gesicht.

„Jan, wir müssen mit dir reden", begann Nick sofort.

Jan grinste, packte die Mistgabel unter eine Achsel und streckte ihm eine Handfläche entgegen. „Von dem Mist krieg ich bald richtig fette Schwielen an den Händen. Müsste eigentlich Erschwerniszuschlag geben."

Nick ließ gleich die Bombe platzen. „Na, den hast du dir ja schon selbst besorgt."

Jan wischte sich mit dem Overallärmel über die Stirn. „Was meinst du damit?"

„Die Kohle von unserem Feriengast, was sonst."

„Was soll der Scheiß ...?" Jan packte die Gabel und jagte sie wutentbrannt in den Mist. „Ich dachte, die Nummer wär schon durch. Oder werd ich jetzt jede Woche aufs Neue verdächtigt?"

Carolin blickte mit offenem Mund von Jan zu Nick. Entweder Nick lag mit seinem Verdacht völlig daneben und Jan war unschuldig oder er war ziemlich abgebrüht.

Nick packte ihn an der Schulter.

„He, was soll das? Finger weg!“ Jan schüttelte Nick ab wie eine lästige Fliege, nahm wieder die Gabel und schaufelte seelenruhig weiter Mist.

„Na gut, Kumpel. Du hast am Tatort was liegen lassen. Also hör auf, hier den coolen Typen zu spielen. Wenn du weiter rumlügst, machst du alles nur noch schlimmer.“

Jan hielt inne. Er zögerte einen Augenblick, dann knallte er die Mistgabel so heftig in die Ecke, dass der Mist nach allen Seiten flog.

Carolin hielt die Luft an. *Oh nein! Jetzt geht er Nick gleich an die Gurgel.*

Doch Jan lehnte sich nur gegen die Boxenwand und kaute Kaugummi. „Also gut“, sagte er und ließ eine Blase zerplatzen. „Hast gewonnen, Spürnase. Ich hab die Kohle abgegriffen.“

Nick sah ihn kopfschüttelnd an. „Mann, was bist du bloß für ein Idiot! Warum machst du so einen Scheiß? Der Job ist echt klasse und hat dir doch auch Spaß gemacht. Warum setzt du das alles aufs Spiel? Ich versteh's nicht.“

Jan schwieg. „Das glaub ich dir aufs Wort“, sagte er dann leise. „Das verstehst du nicht. Du hast keine Ahnung davon, wie mein Leben aussieht.“

Carolin betrachtete Jan aufmerksam. Das arrogante Grinsen war mit einem Mal wie weggeblasen. Er senkte den Kopf.

„Wie sieht denn dein Leben aus?“, fragte Carolin nach. Sie spürte plötzlich Mitleid mit Jan.

Jan blickte auf. „Pah!“, machte er. „Willst du das wirklich wissen?“

Carolin nickte.

Jan spuckte auf den Haufen Mist neben ihm. „So sieht mein Leben aus ... wie ein Haufen Scheiße.“

Nick warf Carolin einen Blick zu. Dann baute er sich breitbeinig vor Jan auf. „Es gibt genau zwei Möglichkeiten: Du spielst die Mitleidsnummer, weil wir dir auf die Schliche gekommen sind oder du hast echt einen verdammt guten Grund für deine krumme Tour. Und daraus ergeben sich zwei Möglichkeiten für dich: Du schleichst dich vom Hof, so schnell dich die Füße tragen. Oder du packst aus und erzählst uns die ganze Geschichte.“

Ganz kurz sah es so aus, als würde sich Jan davonmachen. Doch dann entschied er sich fürs Auspacken. Er hockte sich auf einen Strohballen und fuhr sich mit den Händen durch seine langen blonden Haare. Dann strich er sie glatt zurück und streckte die Arme nach oben. „Das ist eine lange Geschichte“, begann er schließlich.

Nick zog zwei Strohballen für sich und Carolin heran. „Dann setzen wir uns mal besser. Aber die Kurzversion wär mir trotzdem lieber.“

„Ich hab 'ne kriminelle Vergangenheit, vor einigen Monaten wurd ich geschnappt und kam in U-Haft. Seither hab ich viel nachgedacht und weiß, dass ich voll Mist gebaut hab. Der Richter war gnädig und nun bin ich im Rahmen eines Resozialisierungsprogramms als billige Arbeitskraft hier. Ich seh das als echte Chance. Es gibt nur ein Problem. Die Jungs aus meiner ehemaligen Gang sind stinksauer auf mich, weil ich ausgestiegen bin. Sie haben mich hier aufgespürt und erpressen mich nun. Deswegen musste ich die Kohle abdrücken. Zunächst wollte ich auch nicht, aber die Jungs haben damit gedroht, die Pferde zu vergiften, wenn ich die Kohle nicht organisiere. So, das war die Kurzversion. Den Rest kennt ihr.“

Carolin schlug vor Entsetzen die Hände vor den Mund. *Die Pferde vergiften? Sternentänzer!*

„Wow!“, meinte Nick. „Das ist ja echt die harte Nummer. Absolut krass! Stoff für ’ne ganze Nachmittagstalkshow.“ Er sah Jan tief in die Augen. „Und du erzählst uns hier nicht etwa die Story vom toten Hund?“

Jan hielt seinem Blick stand. „Nee, so sieht’s aus.“ Er blickte von Carolin zu Nick. „Ich lüg euch nicht an. Im Gegenteil: Mir ist wichtig, dass ihr wenigstens meine wahren Gründe kennt.“

„Deine Kumpels wollten die Pferde vergiften?“, fragte Carolin immer noch völlig außer sich. „Wie kann man denn so was tun?“

Jan grinste breit. „Das sind schwere Jungs. Die haben ein Vorstrafenregister so lang wie ... da kommt es auf ein totes Tier nicht an.“

Nick schüttelte den Kopf. „Mann-o-Mann!“

„Ich hatte echt keinen Bock mehr auf den ganzen Mist, das müsst ihr mir glauben.“ Jan zupfte ein paar Strohhalme aus dem Ballen. „Ich war superfroh, dass Tante Vicky mir den Job hier besorgt hat.“

Na klar! Nun fiel es Carolin wie Schuppen von den Augen. Gunnar hatte Jan nur mit der Faust in der Tasche eingestellt. Nicht weil er wollte, sondern weil Vicky ihm zugesetzt hatte. Und weil Jan eine billige Arbeitskraft war, eine andere hätte er gar nicht bezahlen können.

„Na ja, aber wie gesagt, dann hat die Gang mich gefunden. Das ist blöd.“ Resigniert zuckte Jan mit den Schultern. „Wenn ihr wollt, könnt ihr mich jetzt ans Messer liefern. Tut euch keinen Zwang an.“

Nick und Caro tauschten einen kurzen Blick: Sie waren sich einig. „Das werden wir auf keinen Fall tun. Wir verraten dich nicht“, erklärte Nick und sah Jan dabei mit einer Mischung aus Mitleid und Verachtung an. „Nur ein Problem bleibt. Da dich deine feinen Kumpels einmal erfolgreich erpresst haben, werden sie es wieder tun.“

Carolins Herz krampfte sich vor Sorge um Sternentänzer, Cinderella und Silberstern zusammen. Sie wünschte, dieser Jan wäre nie nach Lindenhain gekommen. „Was sollen wir nur machen?“, fragte sie bedrückt.

„Nun ja, nachdem Jan gerade Kohle abgedrückt hat, sind wir vermutlich erst mal aus dem Schneider. Sie werden den nächsten Versuch nicht gleich starten, das gibt uns etwas Zeit.“

Jan schaute von Nick zu Caro. Er bemühte sich um einen gleichgültigen Blick, doch seine Stimme zitterte. „Ich mach mich dann mal vom Acker.“ Er drehte sich um und schlenderte betont lässig aus dem Stall.

Nick sah ihm bedrückt nach. „Gunnar wirft ihn hochkant raus, wenn er das mitkriegt, so viel ist klar“, sagte er.

„Irgendwie tut er mir Leid“, murmelte Carolin.

Ratlos raufte sich Nick die Haare. „In ihm steckt ein guter Kern und er arbeitet echt fleißig.“

„Sternentänzer mag ihn auch“, ergänzte Carolin.

Nick blickte durch das Stallfenster auf Jan, der nun mit gesenktem Kopf Richtung Weide davonschlich. „Wir sollten ihm helfen“, sagte er dann.

Carolin zögerte einen Moment, dann nickte sie. „Wir müssen diesen gemeinen Typen das Handwerk legen.“

„Find ich auch.“ Nick runzelte die Stirn. „Die haben ja jetzt gemerkt, dass bei uns was zu holen ist. Es ist also nicht gesagt, dass die aufhören, selbst wenn Jan weg ist.“

Carolin sprang auf. „Ich geb den anderen Bescheid und wir überlegen uns was.“

Die Stimmung ist mies

Gleich für den nächsten Nachmittag bestellte Carolin Ferdi, Lina und Thorben nach Lindenhain. Sie verriet aber nicht, um was es ging. Lina und Thorben kamen gemeinsam. Lina hockte hinten auf Thorbens Fahrradgepäckträger und hatte größte Mühe sich festzuhalten.

„Was gibt's denn so Dringendes?", erkundigte sich Lina bei Carolin, die bei Herrn Maier kniete und seine Ohren kraulte. „Erzähl ich gleich, wenn wir alle zusammensitzen. Wir warten nur noch auf euch. Nick und Ferdi sind schon drin."

„Jetzt sind wir ja da", gab Lina zurück.

Die drei wollten gerade in das Haupthaus, als Maria auf sie zugelaufen kam. Oder besser gesagt auf Thorben. „Hallo, Thorben."

„Hallo, Maria. Na, was machen die Pferde?"

„Immer noch kein Interesse." Marias kornblumenblaue Augen strahlten. „Schön, dich zu sehen. Ich hab schon nach dir Ausschau gehalten."

„Ich bin nicht so oft hier."

Maria warf ihre langen blonden Haare zurück. „Hast du

jetzt Zeit? Du könntest mir Gesellschaft leisten. Und mir mit den Pferden helfen?“ Sie lächelte süß. „Und meiner Mutter verklickern, dass nicht alle Mädchen Pferdenarren sein müssen.“

Thorben setzte an zu einem Lächeln, verkniff es sich dann aber mit Blick auf Lina.

Die kochte vor Wut. Sie bebte wie ein angezündeter Knallfrosch kurz vor der Explosion und hatte alle Mühe sich zu beherrschen. Erst Heike, jetzt Maria.

Carolin legte die Hand auf Linas Arm. „Wir gehen schon mal vor.“

Widerstrebend ließ sich Lina mitziehen. Drinnen schüttelte sie Carolin ab. „Was war denn das?“, presste sie mit funkelnden Augen hervor.

Carolin grinste. „*Das* war Maria, ein Feriengast, hat sich mit ihrer Mutter für vier Wochen auf dem Hof einquartiert. Vormittags kommt immer ein Privatlehrer, sonst könnte sie wegen der Schule gar nicht so lange bleiben, stinkreich, aber eigentlich ganz nett.“

„Nett!“ Lina blies die Backen auf. „Hast du gesehen, wie die Thorben anmacht? Und er? Was macht er? Geht voll drauf ein.“

„Er war nur höflich. Was hätte er denn machen sollen?“

„Er hätte dieser blonden Schnepfe zum Beispiel sagen können, dass ich seine Freundin bin“, fauchte Lina. „Aber nein, ich war Luft für ihn. Pfffff! Luft! Nicht existent!“

Carolin betrachtete Lina schwer besorgt. Thorben hatte doch nur auf Marias Fragen geantwortet und sie tat fast so, als hätte er sich mit ihr fürs Kino verabredet.

„Ohhhh, ich bin so wütend!“ Lina ballte die Fäuste. „Keinen Ton hat er von der erzählt. Nichts!“ Sie warf ihre Haare in den Nacken, wie es vorher Maria getan hatte. „Du könntest mir mit den Pferden helfen“, äffte sie Maria nach.

Carolin boxte Lina in die Seite. „Jetzt beruhig dich doch mal! Maria hat wirklich ein Problem mit Pferden.“

„Und du!“ Lina funkelte Carolin an. „Du erzählst mir auch kein Wort davon. Schöne Freundin!“

„Wovon denn? Was hätte ich dir erzählen sollen?“

„Dass auf Lindenhain so eine blonde Schnepfe rumläuft und Thorben auflauert.“

„Lina, da steckst du!“ Thorben kam durch die Tür. „Ich hab dich schon gesucht.“

„Gesucht? Pah! Du hast doch ganz genau gesehen, dass ich mit Carolin durch die Tür bin. Oder warst du vielleicht zu beschäftigt?“, giftete Lina ihn an und rauschte davon wie ein Orkan der Windstärke zwölf.

Thorben drehte die Augen zum Himmel und folgte ihr.

Als alle endlich im Gemeinschaftsraum versammelt saßen, fassten Nick und Carolin in kurzen Worten Jans Geschichte zusammen.

Ferdi grinste breit. „Also, man kann ja wirklich nicht behaupten, dass bei euch auf Lindenhain nichts los sei.“

„Wir müssen Jan helfen, aber wie? Hat jemand eine Idee?“ Carolin blickte in die Runde. Nick faltete ein Flugzeug aus dem Kaugummipapier, das er in Sandras Zimmer gefunden hatte, Thorben hielt sich an seiner Cola fest und Lina starrte ihn an wie die Schlange das Kaninchen.

„Wenn die Jungs tatsächlich ein so ellenlanges Vorstrafenregister haben, muss es doch ein Leichtes sein, die hinter Gitter zu kriegen“, überlegte Ferdi.

Nick schüttelte den Kopf. „Funktioniert nur, wenn wir die auf frischer Tat erwischen."

„Und wie sollen wir das anstellen?", fragte Carolin.

„Na, wir bitten sie einfach uns per SMS zu informieren, wann sie den nächsten Banküberfall planen", feixte Ferdi.

Carolin schmunzelte. „Gute Idee. Thorben, was meinst du denn zu der ganzen Sache?"

„Ich?" Thorben schreckte auf. „Sorry, ich war grad in Gedanken woanders."

„Ich kann mir auch gut vorstellen wo", giftete Lina ihn sofort an und ihre grünen Augen funkelten wie Katzenaugen bei Nacht.

„Ach ja, und wo denn?"

Lina beugte sich über den Tisch. „Bei deiner neuen Flamme natürlich."

Thorben beugte sich nun ebenfalls über den Tisch. „Ich hab keine neue Flamme."

„Hast du doch. Ist doch gar nicht zu übersehen."

„Hab ich nicht."

„Gib's schon endlich zu, dass du diese Maria toll findest." Linas Stimme wurde lauter.

Auch Thorben legte an Lautstärke zu. „Es gibt nichts zuzugeben. Das bildest du dir alles nur ein. Ich versuche Maria ein bisschen zu helfen, das ist alles."

„Ach ja", knurrte Lina und sprang so heftig auf, dass der Stuhl auf den Boden knallte. „Du kannst mich mal! Du und diese dämliche Maria!" Mit fliegenden Haaren rannte sie hinaus. Thorben sprang ebenfalls auf und sauste hinterher.

„Na toll!" Carolin verdrehte die Augen.

„Wir müssen diesen Jungs eine Falle stellen", meinte Ferdi eifrig.

Carolin lehnte sich auf ihrem Stuhl zurück und verschränkte die Arme. *Was ist nur aus meiner lustigen Lina geworden? Erst Heike, jetzt Maria. Man könnte glatt meinen, sie hätte sich einen falschen Zaubertrank der Marke „Wie-werde-ich-eine-kleine-motzende-eifersüchtige-Kröte?" gemixt.* Carolin musste grinsen. *Was ist eigentlich so toll daran, verliebt zu sein, wenn es solche Auswirkungen hat? Wenn es völlig normale Menschen in reine Nervenbündel verwandelt. Nein danke,* dachte Carolin. *So was muss ich nicht haben!*

„Hier!"

Carolin schreckte aus ihren Gedanken hoch. Vor ihrer Nase baumelte eine Tüte Gummibärchen.

„Nervennahrung", sagte Ferdi grinsend.

Carolin nahm die Tüte. Für einen kurzen Moment berührten sich dabei zärtlich ihre Fingerspitzen. Carolin lächelte Ferdi an. Sie merkte, wie der kleine Schmetterling in ihrem Bauch wieder seine Flügel hob.

Als Carolin am Abend zu Hause die Tür aufschloss, wäre sie beinahe über einen riesigen Karton gepurzelt, der mitten im Flur stand. „Mam?"

Keine Antwort! Carolin drückte sich am Karton vorbei. Auch im Wohnzimmer war keine Spur von Ines zu sehen. „Mam?" Wieder keine Antwort, doch im oberen Stockwerk waren Staubsaugergeräusche zu hören.

„Mam?“ Carolin lief nach oben. Ines war in Caros Zimmer und saugte. Das Fenster stand offen und die Scheiben glänzten, offenbar hatte sich Ines daran schon ausgetobt. Der Schreibtisch war so blitzblank wie in der Putzmittelwerbung und sogar der kleine silberne Rahmen mit Sternentänzers Bild glänzte wie neu. Carolin hasste das. Sie konnte es absolut nicht leiden, wenn sich ihre Mutter in ihrem Zimmer zu schaffen machte. Es ging gar nicht darum, dass sie etwas zu verstecken hatte, es ging ums Prinzip. *Das ist mein Reich. Basta!* Mütter müssen draußen bleiben und sind höchstens als Besucher nach vorherigem Anklopfen erlaubt. Und Ines hatte gerade all diese ungeschriebenen Regeln gebrochen.

Stinksauer zog Carolin den Stecker des Staubsaugers heraus. „Mam!“

Ines fuhr herum. Sie trug eine Schürze, hatte sich ein Tuch über den Kopf geknotet und ähnelte ein bisschen der Witwe Bolte.

„Schon mal was von Privatsphäre gehört?“, fuhr Carolin sie an. „Was soll das?“

Ines ließ die Schnur zurück in den Staubsauger rollen. „Ich bin sowieso gerade fertig.“

„Du weißt genau, dass ich es nicht ausstehen kann, wenn du in meinem Zimmer rumräumst“, empörte sich Carolin.

„Rumräumst? Ich hab nur ein wenig Ordnung gemacht, damit du nicht in deinem eigenen Mief erstickst, Fräulein“, gab Ines bissig zurück. Sie schien keine gute Laune zu haben.

„Das kann ich selber.“

„Warum tust du's dann nicht?" Ines schob den Sauger mit dem Fuß vorwärts.

„Immer muss ich hinter dir herräumen."

„Musst du nicht! Außerdem ist mein Zimmer sauber." Ines bückte sich und fummelte einen Strohhalm aus dem Sauger. Anklagend zwirbelte sie ihn mit dem Finger vor Caros Nase. „Ach ja? Und warum finde ich dann Strohhalme in jeder Ecke? Gehört das etwa zur Zimmerdeko?"

Carolin musste grinsen. Wäre doch eigentlich gar keine schlechte Idee, das Zimmer mit Strohballen auszustaffieren. Könnte man sich glatt die Stühle sparen. Dazu ein paar Pferdehalfter an die Wand, das käme bestimmt ganz gut.

Missmutig beförderte Ines den Sauger aus dem Zimmer. Ärgerlich sah ihr Carolin hinterher. Ines wurde nur zum Putzteufel, wenn sie richtig schlechte Laune hatte. Und heute musste ihr eine besonders dicke Laus über die Leber gelaufen sein. Als Ines außer Sichtweite war, griff Carolin rasch nach Sternentänzers Bild, das verdächtig glänzte. Vorsichtig tastete sie hinter den Rahmen. Doch da war nichts.

Oh nein! Carolin erstarrte vor Schreck. Noch mal. Wieder nichts. Sie drehte den Rahmen um, nahm Sternentänzers Bild heraus und überprüfte jede einzelne Ecke, doch umsonst. Carolin fuhr sich mit beiden Händen durch die Haare. Wo war der Zettel, den sie hinter Sternentänzers Bild gesteckt hatte? Der Zettel, der Sternentänzers Geheimnis enthielt! Womöglich war er beim Putzen herausgefallen, Ines hatte ihn für Abfall gehalten und weggeworfen. Wie der Blitz durchsuchte Carolin ihren

Mülleimer. Blitzsauber. Natürlich auch frisch geleert. *Oh nein!* Stundenlang hatte sie in der Bücherei am PC gesessen und im Internet recherchiert, bis sie schließlich den Schlüssel zu Sternentänzers Geheimnis gefunden hatte. Nervös kaute Carolin auf ihrer Unterlippe. *Ich finde diesen Link nie wieder,* schoss es ihr durch den Kopf.

„Mam", schrie sie und fegte aus dem Zimmer.

Ein genervtes „Was?" kam aus Ines' Zimmer zurück.

„Wo hast du um Himmels willen meinen Müll hin?", schrie Carolin beinahe schon hysterisch.

„Raus natürlich! Und lass dir bloß nicht einfallen, auch nur ein Fitzchen davon wieder reinzuholen!"

Wie der Blitz schoss Carolin zur Tonne neben dem Haus. Als sie den Deckel hob, strömte ihr der Gestank von zerkochtem Kohl entgegen. Carolin hielt sich die Nase und spähte umher. Nichts als Essensreste. Doch da. Eine Ausgabe ihres Pferdemagazins. *Herzlichen Dank, Ines,* dachte Carolin verärgert. *Eigentlich sammle ich die!* Und da, gleich darunter ein kleiner, zerknüllter, ehemals weißer Zettel. Mit spitzen Fingern bahnte sich Carolin einen Weg am Kohl vorbei und schnappte sich den Zettel. Es war der richtige. Ihr Internet-Ausdruck.

„In einer stürmischen Vollmondnacht schlägt ein Blitz in eine jahrhundertealte Eiche ein und eine Sternschnuppe fällt vom Himmel. Im gleichen Moment wird ein wunderschöner Schimmel mit einem kleinen schwarzen Stern auf der Stirn geboren. Naytukskie Kukatos, was in der Indianersprache „Der Stern" bedeutet, ist schön wie der junge Morgen, stark wie ein Bär, schnell wie der Wind und schlau wie ein Fuchs. Er soll über eine außer-

gewöhnliche Gabe verfügen. Er kann in die Zukunft blicken. Schnell spricht sich die Kunde herum und jeder ist bestrebt, dieses wunderschöne Pferd zu besitzen. Doch Unzählige sind an ihm gescheitert. Denn seine magischen Kräfte kann nur derjenige nutzen, der sein Vertrauen gewinnt."

Sternentänzers Geheimnis. Carolin drückte den Zettel an sich. Gerade noch gerettet. Sie steckte ihn in ihre Hosentasche und lief zurück ins Haus.

„Mam?"

„Was ist? ... Mann, dieses dämliche Mistding!" Ines versuchte gerade den Staubsauger die Treppe hinunterzutransportieren, doch der Schlauch wollte nicht so wie sie. Immer wieder verhedderte er sich im Treppengeländer.

„Mam, Achtung!"

Zu spät! Ines hatte nur noch auf den Schlauch geachtet und dabei den großen Karton am unteren Treppenende übersehen. „Verdammter Mist!" Sie stolperte über den Karton und landete auf dem Hosenboden.

Carolin prustete los. Es sah zu komisch aus, wie ihre Mutter da zwischen Karton, Schlauch und Sauger saß und ein unglückliches Gesicht machte.

„Sehr witzig! Dieses Mistding! Sogar Geschenke von deinem Vater bringen nur Chaos." Wütend boxte sie mit der Faust gegen den Karton. Dann hievte sie sich hoch.

„Der Karton ist von Paps?", wunderte sich Carolin. Seit ihr Vater vor ein paar Monaten nach Mallorca ausgewandert war, hatte sie nicht allzu viel von ihm gehört. Ab und an schickte er mal eine Karte, auf der „1000 Grüße aus dem sonnigen Süden" stand. Doch das war's auch schon.

Und nun dieser riesige Karton? Das erklärte natürlich Ines' schlechte Laune. Obwohl ihre Eltern nun schon so lange geschieden waren, schaffte es Paul aus irgendeinem unerfindlichen Grund immer noch, Ines zur Weißglut zu bringen. Freunde zu bleiben, das bekamen ihre Eltern nicht so richtig hin.

„Was war denn in dem Karton drin?", fragte Carolin. Paul hatte ihn ja wohl kaum leer geschickt. Obwohl – einem Chaoten wie ihm wäre auch das zuzutrauen.

Wortlos lief Ines in die Küche und kam mit einem riesigen Kochtopf zurück.

„Was ist denn das?", erkundigte sich Carolin.

„Eine riesige Paella-Pfanne." Das Wort Paella sprach sie aus, als hätte sie eine heiße Kartoffel im Mund. „Paella ist ein spanisches Reisgericht, schrieb mir dein ehrenwerter Vater dazu." Sie schnaubte empört. „Als ob ich das nicht wüsste!"

Carolin kicherte. In der Tat, die normalen Gerichte hatte ihre Mutter zwar nicht so gut drauf. Doch was die exotische Küche anging, da machte ihr so schnell niemand etwas vor.

Mit spitzen Fingern streckte sie eine Karte in die Luft. *„Meine liebe Ines, anbei ein kleines Geschenk für dich. Du hattest doch in diesen Tagen Geburtstag. Und das Originalrezept für eine Paella von meiner entzückenden Perle Fernanda gleich dazu. Damit du auch mal jemanden beglücken kannst. Dein Paul."* Wütend feuerte sie die Karte in die Ecke. „Jedes Wort ist eine einzige Unverschämtheit. Fernanda! Wahrscheinlich seine neue Tusse! Pah! Dieser Mistkerl!"

Carolin runzelte die Stirn. „Du hast doch im Frühjahr Geburtstag.“

„Das auch noch! Männer! Sind doch alle gleich!“

Bei Carolin schrillten die Alarmglocken. Ines sprach in der Mehrzahl. Ihr Wutausbruch hatte also noch einen zweiten Grund. „Ist was mit dem Doc?“

Ines gab der Pfanne einen so kräftigen Schubs, dass sie sich im Kreis drehte. „Was soll mit ihm sein? Nichts ist mit ihm. Gar nichts. Hat schon wieder unser gemeinsames Abendessen gestrichen. Wegen eines Notfalls.“ Wütend stemmte sie die Hände in die Hüften. „Wahrscheinlich ist ein Huhn entlaufen und findet nicht mehr zurück. Und unser lieber Tierarzt muss Feuerwehr spielen!“ Ines hatte inzwischen einen hochroten Kopf unter ihrer Witwe-Bolte-Kopfbedeckung und sah zu komisch aus.

Carolin konnte sich ein leises Grinsen nicht verkneifen. Da kam ihr eine Idee. „Sag mal, Mam, wie wäre es, wenn du dir Lindenhain mal ansiehst? Den Arbeitsplatz vom Doc, sozusagen. Und meine zweite Heimat.“

Ines seufzte und nahm ihr Kopftuch ab. Jetzt standen ihre kurzen stoppeligen Haare in alle Richtungen. Sie sah aus, als hätte sie ihre Finger in eine Steckdose gesteckt. „Vielleicht hast du ja Recht.“

„Super, morgen nach der Schule.“

„Was zieht man da an?“

Carolin grinste. „Alles – nur kein Kostüm und keine hohen Schuhe.“

Angst vor großen Tieren?

Ines' rotes Cabrio stand schon vor der Schule, als Carolin am nächsten Tag mit dem Gongschlag herauseilte. Jahrelang hatte sich ihre Mutter - bis auf ein einziges Mal, als sie Caro auf Lindenhain anmelden musste - strikt geweigert, einen Fuß nach Lindenhain zu setzen. Da musste erst der Doc kommen, damit sich das änderte. „Da stinkt's, da ist alles schmutzig, da sind Tiere, das ist nicht meine Welt", pflegte sie zu sagen. Carolin freute sich richtig darauf, ihrer Mutter endlich ihren heiß geliebten Reiterhof zu zeigen.

Doch kaum hatte sie die Autotür hinter sich zugezogen, machte Ines mit einer kleinen Frage ihre gute Laune wieder kaputt. „Wie sieht's eigentlich in Mathe aus? Ich wollte schon längst mal mit deinem Lehrer sprechen."

Oh Schreck! Ines und Dr. Hutmacher. Er würde sie in alle schrecklichen, dunklen Geheimnisse einweihen, die sie ihr bisher verschwiegen hatte.

„Ach du, im Moment läuft alles prima", log Carolin. *Mensch, Ferdi, du und dein Kumpel! Ihr seid meine letzte Hoffnung.*

„Umso besser, dann kann er mir ja nur Gutes erzählen." Sie haute den Gang rein, der Wagen quietschte. Sie blickte auf die Uhr. „Hast du Hunger? Ich dachte, wir bringen die Besichtigung hinter uns und gehen dann was essen."

Besichtigung! Carolin grinste und musterte ihre Mutter. Sie sah aus, als wolle sie zu einer Expedition aufbrechen. Sie trug eine olivgrüne Hose, eine wattierte Jacke in Tarnfarben und feste Wanderstiefel. Hinter dem Rücksitz stand noch ein Paar schlammbraune kniehohe Gummistiefel.

„Vielleicht gefällt's dir ja auch und wir bleiben ein bisschen länger?"

Wieder der Gang. Das arme Auto. Kein Kommentar. „Muss ich an der Kreuzung rechts oder links?"

„Erst links, dann zweihundert Meter geradeaus und schon sind wir da."

Ines stellte den Wagen in der Hofeinfahrt ab, stieg aus, zog ihre Gummistiefel an und sah sich unschlüssig um. „Ich hatte das alles viel kleiner in Erinnerung", murmelte sie.

Carolin lief Richtung Stall und winkte ihre Mutter mit sich. „Komm, Mam, zuerst muss ich dir meinen wunderschönen Sternentänzer zeigen. Und danach Cinderella und Silberstern."

Ines nickte und folgte Carolin. Im Eingang zum Stall blieb sie kurz stehen. „Puh, das stinkt vielleicht!" Dann blickte sie auf den Boden, auf dem ein paar Strohhalme lagen. „Bin ich froh, dass ich mir gestern noch Gummistiefel gekauft habe", seufzte sie und stapfte Carolin hinterher.

„Ich bin in der Box, Mam!“, rief Carolin ihr zu.

Ines lugte in die Box und bekam Sternentänzers Schweif ins Gesicht. „Ihhhh!“, kreischte sie entsetzt und wich zurück.

„Mam.“ Carolin kicherte. „Das war doch nur ein Versehen.“ Sie tätschelte Sternentänzers Rücken. „Darf ich dir vorstellen, Sternentänzer, das schönste Pferd der Welt!“

Ines nickte. „Ja, schön.“

„Komm rein, Mam! Du musst dir Sternentänzers eleganten Kopf ansehen.“

„Ja, seh ich“, gab Ines zurück. Doch viel konnte sie nicht sehen, denn sie stand immer noch vor der Box und hielt sich an der Boxentür fest.

Carolin winkte. „Komm näher, Mam. Du musst seine Nüstern anfassen. Sie sind weich wie Samt.“

„Äh ... das glaub ich dir auch so“, wehrte Ines schnell ab.

Sternentänzer schnaubte und warf seinen Kopf hin und her. Ines trat rasch ein paar Schritte zurück. Ihr Gesichtsausdruck war mehr als skeptisch.

Carolin kicherte. „Mam, keine Angst. Er will dich doch nur begrüßen. Komm doch mal kurz her, bitte.“

Ines zog eine Grimasse. „Ich weiß nicht, es ist so eng da drin.“

Kurz entschlossen ging Carolin zu Ines, griff nach ihrer Hand und zog sie in die Box. Sternentänzer beäugte sie neugierig und stupste sie leicht mit der Schnauze an. Ines zuckte zurück. Carolin kicherte und legte Ines’ Hand auf Sternentänzers Nüstern. Er schnupperte und prüfte Ines’ Geruch. Die feinen Tasthaare am Pferdemaul vibrierten. „Siehst du, er beißt nicht.“

„Ganz weich und warm“, meinte Ines tapfer. Doch als Carolin Ines' Hand wieder losließ, trat sie sogleich den Rückzug an. Auch Sternentänzer zog seinen Kopf zurück und wandte sich der Heuraufe zu.

„Habt ihr eigentlich auch eine Cafeteria oder so?“, erkundigte sich Ines.

Carolin drückte Sternentänzer ein Küsschen auf sein seidenweiches Fell. „Tja, Süßer, nimm's nicht persönlich! Meine Mam und Pferde, das wird wohl nie was.“ Sie stapfte aus der Box und schloss die Tür hinter sich.

Ines war schon vorangegangen oder genauer gesagt: gestiefelt.

„Warte, Mam, ich möchte dir noch Cinderella und Silberstern vorstellen.“

Ines blieb stehen. „Sind das auch Pferde?“

Carolin nickte grinsend.

„Und was ist an denen anders?“

„Na ja.“ Carolin überlegte. „Anders? Tja, es sind eben auch Pferde. Anders? Oh doch, die Farbe zum Beispiel, sie sind schwarz und sie sind wunderschön.“

„Ach was“, winkte Ines ab. „Ich hab ja jetzt ein Pferd gesehen, das reicht. Ich kann mir ganz gut vorstellen, wie das in Schwarz aussieht.“ Leicht angewidert streckte sie ihre rechte Hand von sich. „Habt ihr hier auch sanitäre Anlagen?“

„Hä?“

„Na, ein Waschbecken, wo ich mir die Hand waschen kann, mit der ich eben das Pferd angefasst habe.“

Carolin prustete los. *Mam, du bist echt ein hoffnungsloser Fall!*

Belustigt führte sie Ines zurück auf den Hof. Ines blieb einen Moment stehen und blickte sich um. „Aber es ist wirklich eine schöne Anlage. So weitläufig. Und so viel Natur. Sehr ... angenehm.“

Carolin kicherte. Angenehm. Das war so ziemlich das Beknackteste, was man über einen Pferdehof sagen konnte. „Vorne beim Haupthaus gibt es auch noch einen kleinen Tümpel und dann ist rechts hinten das Gästehaus für Feriengäste.“

„Und die kommen hierher, weil sie reiten wollen?“, erkundigte sich Ines und streckte dabei die rechte Hand immer noch ganz weit von sich.

„Ja, klar, sonst macht es wenig Sinn, die Ferien auf einem Pferdehof zu verbringen. Guck, drüben auf dem Misthaufen sitzt unser Hofhahn Fridolin.“

„Aha!“

„Und das ist Hofhund Herr Maier. Der sollte eigentlich Wache halten, aber er ist so gutmütig, dass er jeden Einbrecher durchlassen würde. Neben ihm schlummert Carolina. Sie heißt so, weil Lina und ich sie gefunden haben. Caro und Lina, Carolina, verstehst du?“, erzählte Carolin fröhlich, während sie zum Haupthaus spazierten.

„Wie schön.“ Ines nickte.

„Dann gehört noch Eulalia dazu, die Hofkatze. Manchmal bringt sie mir Geschenke. Und weißt du welche?“

Ines zuckte die Schultern. „Keine Ahnung, welche Geschenke Katzen so bringen. Blumen?“

„Tote Mäuse“, erklärte Carolin mit blitzenden Augen.

„Pfui Teufel, Caro, ich bitte dich!“ Ines schüttelte sich angewidert.

„Oh, das ist eine große Ehre. Damit zeigt sie dir, dass sie dich lieb hat."

Ines verzog den Mund. „Na herzlichen Dank, darauf kann ich wirklich verzichten."

Carolin führte Ines im Haupthaus in die Gästetoilette. Als sie sich die Hände gewaschen hatte, setzten sie ihren Rundgang fort.

„Dort drüben siehst du die Reithalle und den großen Paddock mit blauem Holzzaun."

„Hübsch." Ines nickte wieder. „Sehr hübsche Anlage."

„Tja, Mam, das ist mein Lindenhain."

Ines steckte ihre Hände in ihre Tarnfarbenjacke. „Hübsch, wirklich sehr hübsch. Aber sag mal, Caro, was machst du hier eigentlich die ganze Zeit? Du verbringst hier Stunden, Tage, Wochen. Ach, was sag ich: dein halbes Leben - womit?"

Der hilflos-ratlose Gesichtsausdruck ihrer Mutter amüsierte Carolin. „Mit den Pferden, Mam, mit Sternentänzer."

„Na ja, du streichelst mal alle durch, reitest mal aus und gut ist. Das ist eine Sache von einer Stunde. Und dann? Was machst du dann?"

„Es gibt immer was zu tun. Du musst die Pferde bürsten, striegeln, die Hufe auskratzen." Carolin zuckte die Schultern. „Außerdem ist hier immer was los."

Ines sah ihre Tochter kopfschüttelnd an. „Versteh mich nicht falsch, Schatz, ich bin ja froh, dass du so ein Hobby hast und nicht Piercings sammelst oder in Cafés und Kneipen rumhängst. Oder was weiß ich, was andere in deinem Alter so tun. Aber ich würde mich nach einer halben Stunde hier zu Tode langweilen."

„Ach Mam!“ Carolin seufzte. „Ich könnte mein ganzes Leben bei Sternentänzer verbringen und würde mich nicht langweilen.“

In diesem Moment kam Sandra über den Hof spaziert und winkte ihnen fröhlich zu, bevor sie im Gästehaus verschwand.

Ines sah ihr nach. „Und wer war das?“

„Ein Feriengast.“

„Ein äußerst attraktiver Feriengast“, murmelte sie. „Und die interessiert sich für Pferde? Kennt Jo diesen Feriengast auch?“

Carolin sah ihre Mutter verwirrt an. *Was hat denn der Doc mit Sandra zu tun?*

„Bestimmt, er ist ja ...“ Carolin hielt inne. *Oh nein!* Ines war ja plötzlich genau so drauf wie Lina beim Anblick von Maria.

Ines spähte umher. „Ist denn Jo heute gar nicht hier?“

„Zum Glück nicht“, seufzte Carolin.

„Warum zum Glück?“

„Weil dein Jo Tierarzt ist und wenn er kommt, bedeutet das, dass ein Tier krank ist.“

„Verstehe.“ Ines blickte auf die Uhr. „Mein Magen knurrt, wollen wir was essen gehen?“

„Ich dachte, du wolltest erst noch eine Runde reiten“, sagte Carolin beiläufig und bemühte sich um ein ernstes Gesicht. „Ich hab bei Vicky schon eine Stunde gebucht. Das Pferd ist bereits gesattelt.“

„Bist du wahnsinnig?“ Ines stemmte die Hände in die Hüften. „Wenn du denkst, dass ich auf so ein großes Tier steige, dann kannst du das vergessen. Niemals! Eher schmilzt die Antarktis!“ Sie drehte sich auf dem Absatz ihrer Gummistiefel um und marschierte zum Auto.

Carolin folgte ihr kichernd.

Mister Mathe und viele schlaue Sprüche

Am nächsten Tag, einem Samstag, radelte Carolin gleich morgens nach Lindenhain. Ferdi hatte alles perfekt hingekriegt. Die Schülerhilfe schickte ab sofort Mister Mathe alias Frieder zur Nachhilfe. Und der hatte sich auf Ferdis Bitte hin bereit erklärt, mit dem Intensivtraining auch an einem Wochenende zu starten. Carolin hatte sich schon ein genaues Bild von Ferdis Kumpel gemacht. Wenn jemand Frieder hieß und ein Mathegenie war, hatte der stoppelkurze Haare, eine dicke Brille, Froschaugen, trug Anzug, womöglich noch mit Fliege, stotterte und roch wohl ähnlich wie Johannes. So blickte sich Carolin suchend um, als Ferdi mit einem Typ im Trainingsanzug und mit Rastalocken bis zur Hüfte in den Gemeinschaftsraum kam und Frieder ankündigte.

„Wo?“, fragte Carolin.

„Hier.“ Ferdi klopfte dem Trainingsanzugmann auf den Rücken.

Carolin starrte Frieder verdutzt an. *Fußballspieler bei der jamaikanischen Nationalmannschaft, ja! – aber Mathegenie …*

„Immer wieder diese Vorurteile, stimmt's, Frieder?", feixte Ferdi.

Frieder grinste bis zu den Ohren, die eine Reihe Ohrringe zierten. „Hey, Einstein hatte auch nicht gerade einen glatten Scheitel."

Auch das noch! Carolin schmunzelte in sich hinein. Wenn ich den Ines als meinen neuen Mathenachhilfelehrer vorstelle, schlägt sie die Hände über dem Kopf zusammen.

Frieder ließ sich an einem Tisch nieder. „Starten wir gleich durch, oder?"

Nicht ohne vorher an ihm gerochen zu haben! So unauffällig wie möglich steckte sie ihre Nase in seine Richtung. Nein, Frieder roch wie frisch geduscht. Wenn er den Mund aufmachte, verbreitete sein Kaugummi Minzgeruch. Kein Mottenkugelgeruch und auch sonst keine störenden Gerüche. Erleichtert setzte sich Carolin neben ihn.

Das ganze Wochenende über quälte Frieder sie im Gemeinschaftsraum mit Mathe. Von morgens bis Sonnenuntergang. Stundenlang. Ferdi übernahm die Verpflegung und brachte immer wieder belegte Brötchen und Cola vorbei. Ab und an steckte er einfach so den Kopf herein und zwinkerte ihr zu. Am Ende rauchte Carolin der Kopf, aber zum ersten Mal in ihrer Schulkarriere hatte Mathe den Schrecken verloren. Frieder schaffte es, selbst die kompliziertesten Schritte logisch und verständlich zu erklären.

„Wenn du erst mal das System gecheckt hast, ist alles voll einfach", sagte er, lehnte sich zurück und streckte die Arme in die Höhe.

Carolin sah zwar nur noch Zahlen, aber sie hatte so viel Durchblick wie nie zuvor. „Warum kannst du nicht den Job von Dr. Hutmacher übernehmen?“, seufzte sie.

Frieder verschränkte die Arme hinter dem Kopf. „Nein, danke, täglich Penne wär nichts für mich. Sobald es geht, hau ich ab mit meinem Board. Thailand, Hawaii, die perfekte Welle, du weißt schon.“

Carolin klappte ihre Bücher zu. „Du kennst Ferdi vom Eishockey, nicht wahr?“

Frieder grinste breit. „Ferdi ist echt voll in Ordnung. Denkst du gar nicht, wenn du ihn zum ersten Mal siehst. So schnieke angezogen. Und wenn er dann auch noch mit seiner Mutter antanzt, dann denkst du nur, was ist denn das für einer.“ Frieder sah auf die Uhr. „Ich muss los.“ Er stand auf. „Ich hoffe, ich konnte dir in unserem Zwei-Tages-Crashkurs schon mal etwas auf die Sprünge helfen. Aber ein bisschen Zeit bleibt uns ja noch, bis du deine Arbeit schreibst. Also, morgen Nachmittag geht's weiter.“

Carolin seufzte tief. „Ja, ich hab echt richtig viel kapiert, danke.“

Die Nachmittage, die Carolin bis zur Mathearbeit noch blieben, hatte sie voll ausgenutzt und mit Frieder eifrig gepaukt. Manchmal rauchte ihr abends, wenn sie im Bett lag, ordentlich der Kopf. Nachts träumte sie von Zahlen.

Schließlich war es so weit. Als Carolin die gefürchtete Arbeit in der Mathestunde überflog, begann sie an Wunder zu glauben. Die Zahlenreihen starrten sie nicht mehr an wie bedrohliche Krieger eines feindlichen Stammes, sie machten Sinn. Und Carolin wusste ziemlich genau, was zu tun war – obwohl es natürlich nicht exakt die gleichen Aufgaben waren, die sie mit Frieder geübt hatte. Doch Mister Mathe hatte ihr das System so logisch aufgeschlüsselt, dass nun mit einem Mal alles einigermaßen verständlich schien.

Sobald Dr. Hutmacher die Arbeiten eingesammelt hatte und mit dem Gong aus dem Klassenzimmer geeilt war, huschte Carolin zu Streber Rino, um die Ergebnisse zu vergleichen. Als sie feststellte, dass mindestens die Hälfte ihrer Ergebnisse mit denen von Rino übereinstimmte, war sie so glücklich, dass sie Rino am liebsten abgeknutscht hätte.

„Danke, Ferdi," murmelte sie und eilte an ihren Platz zurück. *Das müsste zumindest für eine Vier reichen. Und das bedeutet: kein Lindenhainverbot, kein Internat. Juhu!*

Neben ihr saß Lina mit gesenktem Kopf. Ihr Kopf war so tief gesenkt, dass außer ihren langen roten Haaren nichts von ihr zu sehen war. Carolin griff in Linas Haare und schob sie zur Seite. „Huhu, jemand zu Hause?"

Lina schielte zu ihr. „Ich hab so ein schlechtes Gewissen. Wie oft hast du gefragt, ob ich mit dir lerne, aber immer wieder hab ich abgesagt!" Sie seufzte. „Ich hab das Blatt extra weit zu dir geschoben. Konntest du wenigstens gut abschreiben?"

Carolin ließ den Haarvorhang wieder fallen. „War gar nicht nötig, ich hab nun den besten Nachhilfelehrer der Welt."

Lina richtete ihren Kopf auf. „Echt, wen denn?"

„Frieder. Ein Kumpel von Ferdi. Genial! Den Lehrerwechsel bei der Schülerhilfe hat Ferdi angeleiert. Dank seiner guten Kontakte."

„Echt?" Lina schüttelte ihre Haare zurecht. „Ist ja supernett von Ferdi. Ferdi ist überhaupt ein klasse Typ."

Carolin lächelte leicht. „Finde ich auch." Und in Gedanken ergänzte sie: *Wenn du nicht dauernd so beschäftigt mit Thorben wärst, hätte ich dir schon längst von Ferdi erzählt. Das hol ich nach, wenn du mal wieder besser drauf bist.*

Lina zog eine Grimasse. „Du, Caro."

„Was?"

„Du bist doch ständig auf Lindenhain."

Carolin nickte. „Wie du weißt."

„Hast du Thorben schon mal wieder mit dieser Maria gesehen?"

Carolin verdrehte die Augen. „Nein, hab ich nicht. Aber ich hab ehrlich gesagt auch was Besseres zu tun."

Lina zwirbelte ihre Haare. „Meinst du, die treffen sich irgendwo anders?"

„Ha? Warum sollte Thorben das tun?"

Lina lehnte sich zurück und starrte die Wand an. „Weil sie so normal ist und nicht so verrückt wie ich. So tolle, glatte blonde Haare hat, nicht so einen wilden Lockenwust wie ich. Weil sie so hübsch angezogen ist und nicht so ..."

„Lina!" Carolin knuffte die Freundin in die Seite. „Thorben ist mit dir zusammen, weil er das alles an dir mag. Weil du was ganz Besonderes bist."

Lina blies die Backen auf. „Das sagst du, weil du meine Freundin bist."

Der Gongschlag beendete ihre Unterhaltung. *Ich will dieses unsichere Nervenbündel gegen meine alte Lina tauschen,* dachte Carolin und zog die Englischhefte für die nächste Stunde aus ihrer Schultasche.

Als Carolin nach der Schule nach Hause kam, stand das Küchenfenster weit offen. *Komisch,* wunderte sie sich. Ines arbeitete als Teilzeitkraft bei einem Rechtsanwalt und donnerstags arbeitete sie immer länger. Und heute war Donnerstag.

Ob sie am Morgen vergessen hat, das Fenster zu schließen?, überlegte Carolin, während sie ihr Rad in den Ständer packte. *Dann dürften bei den Temperaturen in der Küche mittlerweile ein paar Eiszapfen hängen. Einbrecher?* Carolin grinste in sich hinein. *Auch unwahrscheinlich, bei uns gibt's doch nichts zu holen. Bis auf ... Sternentänzers Geheimnis.* Carolin versuchte ihre Bedenken wegzuwischen. *Komisch, jedes Mal, wenn irgendetwas Ungewöhnliches geschieht, habe ich sofort Angst um Sternentänzer. Fast schon krank.* Andererseits ... zweimal wurde der wunderschöne Hengst schon entführt. Und wer sein Geheimnis kannte, besaß etwas Wertvolleres als alles Geld der Welt. Carolin steckte den Schlüssel in die Haustür und schlich hinein. Im Gang brannte Licht.

„Caro, nicht erschrecken, ich bin da!", rief Ines und kam auch schon die Treppe heruntergeeilt.

Carolin legte ihre Schultasche ab. „Mam?! Warum bist du denn schon hier?"

Ines seufzte. „Schlechte Auftragslage. Es gibt immer weniger zu tun. Ich habe bis auf Weiteres unbezahlten Urlaub."

„Urlaub klingt gut", erwiderte Carolin.

„Unbezahlt weniger", seufzte ihre Mutter. Besorgt zog sie die Augenbrauen hoch. „Mir wird schon was einfallen, Caro, damit wir uns nicht allzu sehr einschränken müssen. Auf deinen Vater ist ja leider kein Verlass, was das regelmäßige Zahlen des Unterhalts angeht. Die Miete hingegen läuft jeden Monat."

Entsetzt fuhr Carolin herum. „Heißt das, wir müssen umziehen?"

„Genau besehen ist das hier zwar viel zu groß für uns zwei und eine kleine Wohnung würde es auch tun. Aber ganz so weit ist es noch nicht."

Carolin nagte aufgebracht an der Unterlippe. Allein der Gedanke erschreckte sie. *Umziehen.* Ihr ganzes Leben hatte sie hier gewohnt. Ihr Zimmer, ihr Garten, alles ... Carolin kamen so viele Erinnerungen in den Sinn, dass sie fast weinen musste.

„He, Schätzchen, keine Angst, wir ziehen nicht von heut auf morgen um. Ein bisschen was Angespartes hab ich ja auch noch." Ines legte den Arm um ihre Tochter und zog sie an sich. „Wir werden das Haus schon halten können. Notfalls kümmere ich mich um einen anderen Job." Ines seufzte. „Aber hattest du heute nicht Mathearbeit?"

Carolin befreite sich aus der Umarmung. „Ja und es lief prima. Ich hab zumindest ein richtig gutes Gefühl."

Ines verzog das Gesicht. „Ein gutes Gefühl allein reicht nur leider nicht."

„Warte! Ich habe meine Ergebnisse mit denen von Rino, unserem Superstreber, verglichen und es sieht gut aus."

„Prima", lobte Ines. „Gut, dass ich diese Nachhilfe für dich organisiert habe. Aber, Caro, du hast noch gar nichts erzählt, kommst du denn mit dem neuen Lehrer gut klar?"

„Hm, geht so." Carolin grinste in sich hinein. *Wenn du wüsstest, Mam, wie der aussieht! Ich glaube, du würdest in Ohnmacht fallen.*

„Jedenfalls hast du es ihm zu verdanken, wenn du eine gute Note schreibst. Und deshalb wirst du auch weiter Nachhilfe bei ihm nehmen."

„Wenn's unbedingt sein muss, Mam", entgegnete Caro und fügte in Gedanken hinzu: *Sorry, Mam, aber ein klein bisschen Protest muss sein.* Doch seit sie Mottenkugel-Johannes nicht mehr gegenübersitzen musste, sondern Nachhilfe in Mathe bei einem witzigen Sportfreak mit langen Rastalocken und Ohrringen nahm, war das voll in Ordnung.

„Keine Widerrede!" Ines ging in die Küche. „Ich hab noch gar nichts gekocht. Und einkaufen war ich auch nicht." Sie zog die Schubladen auf und durchsuchte sie. „Eine Packung Fertig-Kartoffelbrei könnte ich anbieten, wie wär's?" Sie warf einen Blick in den Kühlschrank.

Erneuter Protest. „Aber können wir uns die Nachhilfe überhaupt weiter leisten? Solltest du das Geld nicht für die Miete sparen?"

„Nicht mal Eier." Ines klatschte die Kühlschranktür wieder zu. „Auch wenn ich weniger verdiene, die Nachhilfe bleibt erst mal. Du wirst Mathe mit ihm pauken, solange die Schule das erforderlich macht. Denn darin ist er gut."

Gleich nach dem Mittagessen – was heißt Mittagessen? –, nach der doppelten Portion Fertig-Kartoffelbrei radelte Carolin nach Lindenhain. Nun konnte sie endlich wieder nach Herzenslust ausreiten. Aber zuerst wollte sie auch Ferdi die gute Mathe-Nachricht überbringen. Die Tür zu seinem Zimmer im Gästehaus war nur angelehnt, Ferdi hockte im Fensterrahmen und starrte in ein Buch.

„Ferdi!", rief ihm Carolin freudig entgegen und hüpfte auf und ab wie ein Gummiball. „Es hat geklappt."

Ferdi sah auf. „Was denn?"

„Mathe!"

„Super." Ferdi legte das Buch beiseite und stand auf.

Carolin war so glücklich, dass sie einem plötzlichen Impuls folgend auf Ferdi zustürmte und ihm einen Kuss gab. Eigentlich wollte sie ihm einen Schmatz auf die Wange drücken. Doch Ferdi hatte seinen Kopf so schnell gedreht, dass sich für den Bruchteil einer Sekunde ihre Lippen ganz sacht berührten.

„Äh!" Verlegen zog sich Carolin geschwind wieder zurück. „Sorry, war keine Absicht", murmelte sie und spürte, wie ihre Ohren glühten.

„Äh", stammelte Ferdi ebenso überrascht. „Macht nichts."

Eine Weile standen sie sich verlegen gegenüber, dann

deutete Carolin rasch auf das Buch, das aufgeschlagen auf dem Fensterbrett lag. „Was liest du denn da?"

„Lesen wär schön." Ferdi verdrehte die Augen. „Büffeln. Pauken trifft's schon eher. Latein. Schöner Blödsinn! Warum bitte schön soll man eine Sprache lernen, die kein Schwein mehr spricht? Französisch okay. Damit kann ich in der Bäckerei grammatikalisch einwandfrei mein Croissant kaufen. Englisch, super, das spricht man in vielen Staaten der Welt, auch in Kanada und Australien. Aber Latein. Nicht mal mehr in Rom."

Carolin grinste. „Sag mal was!"

„Mortuis te salutant", zitierte Ferdi.

„Was heißt das?"

„Die Todgeweihten grüßen dich."

Carolin kicherte, Ferdi auch. „Ist der einzige Satz, den ich mir merken kann. Super hilfreich für mein weiteres Leben. Wird mich ganz nach vorne bringen."

Carolin lachte. Ferdi schaffte es einfach immer wieder, sie zum Lachen zu bringen. Etwas unentschlossen blickte sie im Zimmer umher. „Tja, dann halt ich dich besser nicht länger vom Lernen ab. Viel Spaß mit deinen Todgeweihten", meinte sie und wollte gehen.

„Du, Caro, warte einen Moment! Wir müssen noch was besprechen."

Carolin blieb in der Tür stehen.

„Du erinnerst dich doch, ich hatte dir vor einiger Zeit von dem Wohltätigkeitsdinner in Grünstadt erzählt, das meine Mutter veranstaltet. Und jetzt, wo deine Mathearbeit gut gelaufen ist, kommst du doch mit, oder? Es findet übermorgen statt."

Carolin zögerte. Wohltätigkeitsdinner. Schon das Wort klang schauderhaft. Besonders viel Lust hatte sie nicht, aber schließlich war sie Ferdi wegen Mathe noch etwas schuldig. Und versprochen hatte sie es ihm auch.

„Na gut", stimmte sie zu und hatte keine Ahnung, wie bitter sie diese Zusage noch bereuen würde.

Kaviar und andere Katastrophen

Ferdis Familie reiste am Nachmittag vor dem Dinner an. Carolin saß dick eingemummt an ihrem Lieblingsplatz auf dem Gatter und beobachtete Sternentänzer, als eine dunkelblaue Limousine auf den Hof rollte. Die Beifahrertür öffnete sich zuerst und Ferdis Mutter stieg aus. Sie trug eine weiße Pelzjacke, einen weinroten Hosenanzug, um ihre Schulter war ein rotes Tuch geschlungen.

Sternentänzer trabte auf Carolin zu und stupste sie an. Sie strich sanft über seine Nüstern. „Hoffentlich ist das kein echtes Fell“, murmelte sie. Sie mochte Ferdis Mutter nicht besonders. Seit die die Rettungsaktion der armen Stute Esperanza unterstützt hatte, war sie ihr zwar etwas sympathischer geworden. Doch die stets von den Haarlocken bis zu den Fingernägeln durchgestylte Frau kam ihr immer vor wie ein Wesen von einem anderen Stern. Carolin kuschelte sich in ihre Jacke und spitzte auf den Hof.

„Auf Ferdis Vater bin ich ja mal gespannt“, murmelte sie. Herrn Reifenbach hatte sie noch nie zu Gesicht bekommen. In diesem Moment öffnete sich eine der hinteren

Türen und ein schlankes Bein, gehüllt in hauchdünne Seidenstrümpfe, kam zum Vorschein. „Oh je, Sternentänzer! Nina ist auch dabei. Armer Nick!“

Nick hatte eine Schwäche für Ferdis schöne Schwester. Kurz waren die beiden auch mal zusammen gewesen, doch dann trennte sich Nina. Wohl, weil er ihr als Stallbursche nicht gut genug war, vermutete Carolin. Bei der letzten Party auf Lindenhain war sie mit einem arroganten Schnösel im Schlepptau angetanzt, der Nick ignoriert hatte. Sternentänzer legte seine Nüstern auf Carolins Beine. „Na, mein Süßer.“ Carolin liebkoste den Kopf des schönen Hengstes und blickte dann wieder auf den Hof. Dort öffnete sich gerade die Fahrertür und ein Mann im dunklen Mantel stieg aus. Er war mittelgroß, hatte kurze dunkelblonde Haare und zündete sich eine Zigarette an, kaum dass die Autotür hinter ihm zufiel. Er blickte sich suchend um. Dann kam auch schon Ferdi angelaufen und führte seine Familie ins Ferienhaus.

Carolin hüpfte vom Gatter und lief auf den Hof, wo ihr Nick entgegenkam. „Die Reifenbachs sind da, hast du gesehen?“

Nick bejahte.

„Wusste gar nicht, dass sie zu diesem komischen Wohltätigkeitsdinner gleich alle antanzen.“

„Tja.“

„Nina auch.“

Nick nickte wieder, seine Augen flackerten unruhig.

Seite an Seite stiefelten Carolin und Nick zum Stall. „Ich wusste gar nicht, dass die im Ferienhaus wohnen“, meinte sie.

„Tun sie auch nicht." Nick rümpfte die Nase. „Für die feine Familie Reifenbach ist doch unser einfaches Gästehaus viel zu schäbig. Die haben Zimmer im Hotel in der Stadt gebucht, was denkst du denn?"

Carolin seufzte. „Bloß gut, dass Ferdi nicht so drauf ist."

„Nina leider schon." Nick versenkte seine Hände in den Overalltaschen.

„Du magst sie immer noch?", fragte Carolin mitleidig.

Etwas zu rasch schüttelte Nick den Kopf. „Nee, ach was! Das ist vorbei. Schnee von gestern."

In diesem Moment kam Jan in den Stall. Er trug zwei Sättel, die er blitzblank geputzt hatte. „Ich hatte eben eine Erscheinung", quasselte er breit grinsend los. „Ein geradezu überirdisch schönes, elfengleiches Wesen schwebte an mir vorbei."

Carolin kicherte. Jan konnte nur Nina meinen.

„Wow!" Er pfiff durch die Zähne. „Kein schlechtes Fahrgestell."

„Das war Ferdis Schwester", klärte ihn Carolin auf.

„Vergiss es, Kumpel, die ist eine Nummer zu groß für dich", mischte sich Nick nun ein.

„Einen Versuch wär's glatt wert", überlegte Jan.

„Halt dich fern von ihr, klar?", fuhr Nick ihn an.

Jan hob abwehrend die Arme. „He, war doch nur Spaß. Ich hab im Moment echt andere Probleme."

Nick winkte ab und zog davon. Carolin sah ihm nachdenklich nach. Dafür, dass er in Nina angeblich nicht mehr verknallt war, reagierte er ganz schön heftig.

Es gibt Situationen im Leben, da fühlt man sich wie der sprichwörtliche Elefant im Porzellanladen. Genau dieses Gefühl überfiel Carolin, als sie den ersten Fuß in den Bankett-Saal im *Mulino* in Grünstadt setzte. Zum Glück war Ferdi an ihrer Seite. Er hatte sie draußen vor dem Eingang in Empfang genommen und begleitete sie nun hinein. Carolin war nicht zum ersten Mal im *Mulino.* Sie war schon öfter mit Paul hier gewesen. Aber da hatte es immer ganz anders ausgesehen. Vielleicht lag es daran, dass sie ihre Pizza oder Spagetti immer im vorderen Bereich verspeist hatten und noch nie hinten im Bankett-Saal waren.

Der Bankett-Saal, der für große Feiern und Feste benutzt wurde, war ein ziemlich großer Raum mit vielen großen runden Tischen, Kerzenleuchtern und schweren Vorhängen an den Fenstern. Auf den Tischen lagen blütenweiße Tischdecken, in der Mitte ein üppiges Rosengesteck. Jeder Platz war mit einem silbernen Riesenteller eingedeckt, der so aussah, wie der Teller, auf dem Ines an Heiligabend die Plätzchen servierte. Daneben jede Menge Besteck, davor jede Menge Gläser.

„Möchten Sie einen Aperitif?" Carolin schreckte aus ihren Gedanken. Vor ihr stand ein Mädchen, etwas älter als sie, mit einem Tablett in der Hand, auf dem sich eine große Anzahl gefüllter Gläser befand.

„Wie? Nein, danke."

Doch bevor das Tablettmädchen weiterziehen konnte, griff Ferdi noch rasch nach einem Glas und hielt es ihr hin. „Maracuja-Kiwi. Lecker und gesund."

Carolin nahm das Glas und musterte nun Ferdi genauer. Er hatte seine blonden Haare mit Gel glatt zurückgekämmt, trug einen schwarzen Anzug und darunter ein weißes Hemd. Er sah richtig vornehm aus. Gut, aber vornehm. Carolin hatte das dunkelblaue Kleid an, das sie auch damals bei der Filmpremiere auf Lindenhain getragen hatte. Ihr einziges festtaugliches Kleid. Um ehrlich zu sein, ihr einziges Kleid überhaupt. Und darin kam sie sich jetzt, verglichen mit den anderen weiblichen Gästen, gerade vor wie ein Elefant im Porzellanladen, wie eine Schneeflocke im Sommer, wie ein Gänseblümchen in einem Strauß Rosen. Jedenfalls so deplatziert, dass sie am liebsten sofort wieder weggegangen wäre.

Nina trug ein hauchdünnes dunkelrotes Kleid, hatte ihre Haare hochgesteckt und sah aus wie eines der Models auf den Titelbildern der Zeitschriften. Ferdis Mutter trug ein langes schwarzes Kleid mit tiefem Ausschnitt, auch alle anderen Frauen hatten kostbare Abendkleider an, die Männer trugen dunkle Anzüge. Nur ich, Carolin Baumgarten, trage ein dunkelblaues albernes knielanges Kleid. Doch das war noch nicht alles.

„Schmeckt super, oder?“ Ferdi deutete auf ihr Glas.

„Hab noch gar nicht probiert.“ Carolin wollte gerade ansetzen um zu trinken, als ihr das Glas vor Schreck schier aus der Hand fiel. Die perfekte Ergänzung für einen wunderschönen Abend schwebte zur Tür herein: *Julia!* Julia gehörte zu ihrer Schulclique, war stinkreich und eine Zicke. Sie trug ein bodenlanges, türkisfarbenes Kleid und hatte ihre Haare zu einem kunstvollen Pferdeschwanz geflochten. An ihren Ohren baumelten lange goldene Ohrringe. Herausgeputzt wie eine Weihnachtsgans, würde Lina sagen. Aber sie passte hierher. Ganz im Gegensatz zu ihr. „Was macht die denn hier?", raunte Carolin Ferdi zu und hatte gleich noch mehr Lust, sich wieder aus dem Staub zu machen.

„Keine Ahnung. Aber ich schätze mal, meine Mutter hat alles eingeladen, was hier vor Ort irgendwie Kohle hat."

Aha! Alles klar. Julias Familie, Geld wie Heu, ihr gehörte das Strumpfimperium *Cecilia.*

Nun hatte auch Julia Carolin entdeckt und kam gleich angeschwebt. „Sieh mal einer an! Die Caro", flötete sie. „Dich hätte ich hier ja überhaupt nicht erwartet. Und noch dazu im Kleid. Ein seltener Anblick."

Carolin ballte die Fäuste. *Alte Giftspritze.* „Komm, Ferdi!" Sie zupfte Ferdi an der Jacke.

In diesem Moment kam Ferdis Mutter angeschossen. „Du musst Julia Schlupf sein, ich bin die Mutter von Ferdinand, diesem jungen Mann hier." Sie legte eine Hand auf Ferdis Arm. „Ach, hallo, Caro." Sie nickte Carolin kurz zu, um sich dann gleich wieder Julia zuzuwenden. „Ich bin ja so froh, dass es deine Eltern einrichten konnten, heute Abend unsere Gäste zu sein." Sie blickte sich suchend um. „Wo sind denn deine Eltern?"

Julia führte Frau Reifenbach zu ihrem Vater und ihrer Mutter.

„Ich hasse sie", zischte Carolin.

„Ach komm, lass dich nicht verunsichern. Du schaffst das schon", ermutigte sie Ferdi. „Ich helf dir schon, wenn ich merke, dass du nicht klarkommst. Nur wunder dich bitte nicht, wenn ich mich ab und an auch anderen Gästen widme. Meine Mutter erwartet das heute Abend von mir."

Carolin blickte ihn dankbar an und lächelte tapfer.

Ferdi nahm sie an der Hand und führte sie an einen der Tische. „Genieß einfach den Abend. Das Essen ist köstlich. Ich habe die Menüfolge gesehen." Galant zog er den Stuhl zurück und ließ sie Platz nehmen. Er setzte sich neben sie. Auch die anderen Gäste nahmen Platz. Ferdis Eltern, Julias Eltern, Nina und Julia kamen an ihren Tisch. Carolin blickte in die Runde und wünschte inständig, sie wäre bei Sternentänzer im Stall.

„Bitte sehr!" Carolin zuckte zusammen. Ein livrierter Ober stand neben ihr mit einem Tellerchen. Carolin hatte ihn gar nicht bemerkt.

„Du musst schon die Serviette vom Platzteller nehmen, sonst kann er die Vorspeise nicht platzieren", rief ihr Julia laut über den Tisch hinweg zu.

Mist! Rasch nahm Carolin das Stoffgebilde, schielte zu Ferdi und legte es wie er auf den Schoß. *Und nun?* Verängstigt starrte Carolin erst auf die vielen Gabeln und Messer, die um den Teller herumlagen, dann auf die kleinen hellorangenen Kügelchen, die in einem kleinen Schälchen auf ihrem Platzteller standen. *Erstens, was ist das? Zweitens, wie isst man das Zeug?*, überlegte Carolin fieberhaft und wartete darauf, dass Ferdi begann. Doch er war noch in ein angeregtes Gespräch mit seinem Tischnachbarn vertieft.

Julia, die ihr gegenübersaß, zwinkerte ihr zu. Sie hob den großen Löffel und deutete damit auf das Schälchen. Dankbar nickte ihr Carolin zu und versuchte den großen Löffel in das kleine Schälchen zu quetschen, was sich als nicht ganz einfach herausstellte.

Da beugte sich Ferdi zu ihr. „Das ist der Löffel für die Consommé", raunte er ihr zu. „Für den Kaviar nimmst du die kleine Gabel."

Grrrr! Julia, ich könnte dich auf den Mond schießen! Kaviar. Fischeier. Igitt, die ess ich nicht!, beschloss Carolin und lehnte sich genervt zurück. *Und was um Himmels willen ist eine Consommé?*

Der Ober servierte die Vorspeise ab und stellte kurz darauf einen Teller mit klarer Brühe und einer kunstvoll geschnitzten Möhre, die auf einem Stück Petersilie schwamm vor sie hin. Sonst war nichts drin.

Carolin beugte sich kichernd zu Ferdi. „Die haben die Nudeln vergessen."

„Sind in einer Consommé nie drin", klärte Ferdi sie lächelnd auf.

Na toll! Carolin blickte in die Runde. Alle löffelten zufrieden ihre Consommé, Julias und Ferdis Eltern schienen sich bestens zu unterhalten, zumindest Ferdis Mutter mit Julias Vater. Auch Julia und Nina führten eine angeregte Unterhaltung und Ferdi plauderte ganz locker mit Julias Mutter.

„Entschuldigen Sie bitte."

Carolin verdrehte die Augen. Da stand schon wieder dieser Ober neben ihr, diesmal mit einem Riesenfisch auf dem Teller. Mitsamt Augen, Schwanz und vermutlich auch Gräten. „Dorade mit Brokkoliröschen auf Mandelragout", klärte er sie auf, während er den Teller hinstellte. *Super!* Carolin blickte auf den Fisch und sehnte sich nach Fischstäbchen.

„Guten Appetit", raunte ihr Ferdi zu.

Carolin seufzte. Zwei Messer waren noch übrig. Ein normales und ein merkwürdiges. *Da ich dem Tier wohl oder übel den Kopf abschneiden muss, nehm ich das normale,* beschloss Carolin tapfer und schabte damit auf der Fischhaut herum.

Ferdi beugte sich zu ihr. „Soll ihn dir der Ober zerlegen?“

Carolin nickte dankbar und Ferdi winkte sogleich den Ober herbei, der ihren Fisch mit wenigen Handgriffen fachmännisch häutete und die Gräten entfernte.

„Zum Fischessen nimmt man übrigens das andere Messer“, raunte ihr Ferdi noch rasch zu, bevor er sich wieder Julias Mutter widmete.

Der Fisch schmeckte eklig, das Mandelragout scheußlich und Brokkoli hasste Carolin. Lustlos stocherte sie in ihrem Essen herum und war heilfroh, als der Ober endlich alles wegräumte. Julia hatte inzwischen mit ihrer Mutter Platz getauscht und unterhielt sich angeregt mit Ferdi. Sie blinkerte mit ihren Wimpern, fummelte immer wieder an ihren Ohrringen herum und strich sich über die Haare. Auch Ferdi schien sich gut mit ihr zu unterhalten.

Carolin musste sich eingestehen, dass es ihr einen kleinen Stich gab, die beiden so harmonisch zusammen zu sehen. Sie waren ohne Zweifel ein schönes Paar.

„Madame.“ Wieder der Ober. Wieder mit einem Teller. *Hört das denn nie mehr auf?*

„Mousse au Chocolat“, klärte er sie auf.

Na ja, wenigstens mal was Vernünftiges! Eigentlich würde Julia viel besser zu Ferdi passen als ich, überlegte Carolin, während der Ober den Teller vor ihr abstellte.

Beide kommen aus einer reichen Familie, beide gehören zur besseren Gesellschaft, beide tragen schicke Klamotten und beide wissen, wann man welches Messer benutzt. Ich dagegen krieg vor lauter Aufregung und Stress mit dem Essen nicht mal was von dem Programm des Abends auf dieser Wohltätigkeitsveranstaltung mit. Carolin seufzte, tauchte den letzten übrig gebliebenen Löffel tief in die Schokoladenmousse und hoffte inständig, dieser fürchterliche Abend würde bald ein Ende nehmen.

Noch nie in ihrem Leben war Carolin so froh, als sie endlich vor ihrer Haustür in der Breitensteinstraße 9 stand. Als der Ober schließlich mit einer dreistöckigen Platte, einer Etagere, wie sie gelernt hatte, ankam, war ihr der Kragen geplatzt. Sie hatte Ferdi was von einer wichtigen Arbeit in Englisch am nächsten Tag in der Schule erzählt. Ihm war natürlich klar, dass das hier nicht ihr Ding war. Er hatte ihr ein Taxi bestellt und sie dann bis zur Tür gebracht. Jetzt war sie endlich wieder zu Hause. Dort, wo sie hingehörte.

Ines spitzte neugierig aus der Küche, als Carolin in den Flur trat. „Du bist ja früh zurück. War's wenigstens nett?"

Carolin blickte auf die Küchenuhr. Es war kurz vor halb elf. „Ging so."

„Übrigens - du hast Besuch." Ines deutete mit dem Kopf nach oben und schlüpfte dann zurück in die Küche.

„Besuch?", wunderte sich Carolin. *Ferdi? Nee.* Der saß noch im *Mulino* und löffelte. *Wer dann?* Neugierig stieß sie die Tür zu ihrem Zimmer auf. *Lina!* Sie hockte auf ihrem Bett und blätterte in einem ihrer Pferdemagazine.

„Na endlich!", rief sie, als sie Carolin erblickte. Sie schleuderte das Heft zur Seite, sprang auf und zog die Freundin ins Zimmer.

„Waren wir verabredet?", wunderte sich Carolin. „Hab ich was verpasst?"

„Nee." Lina schüttelte ihre lange rote Mähne. „Ich muss nur mit jemandem reden, deshalb hab ich auf dich gewartet." Verstohlen wischte sie mit dem Ärmel über ihre Wangen. In ihren Augen glitzerten Tränen.

„He!" Carolin zog Lina an sich. „Was ist denn mit dir los?"

In Carolins Arm konnte Lina ihre Tränen dann nicht mehr zurückhalten.

„Ist was passiert?" Carolin strich beruhigend über Linas wildes Haar. Plötzlich überkam sie ein schrecklicher Gedanke. „Ist was mit Ami?" Ami war vor nicht allzu langer Zeit sehr krank gewesen. Vielleicht ... „Sag schon, Lina!"

Lina schüttelte den Kopf. „Ami geht's gut", stieß sie mit tränenerstickter Stimme hervor.

„Was dann? Beruhig dich doch! Ist was mit deinen Eltern? Oder mit deinem Onkel Rocco?"

Lina schüttelte wieder den Kopf.

Jetzt hatte sie so ziemlich alle Menschen aufgezählt, die Lina nahe standen. „Sag doch, Lina!"

„Es ist wegen Thorben. Der Mistkerl", schluchzte sie.

Carolin zog die Freundin mit sich auf das Bett. „Erzähl schon, was ist denn jetzt wieder los?"

Lina blickte auf und schob ihr Haar zur Seite, das wirr über ihr Gesicht hing. Hilflos zuckte sie die Schultern. „Er ist so komisch in letzter Zeit. Sagt immer wieder unsere Verabredungen ab und wenn er mal Zeit hat, dann ..." Sie schluchzte wieder auf. „... ist er eben komisch."

„Was meinst du mit komisch?"

„So abwesend. Früher hat er mich oft in den Arm genommen und geküsst und so, jetzt streiten wir uns nur noch." Sie holte tief Luft. „Und dann hängt er noch ständig mit Maria ab. Sie hat Probleme mit Pferden und braucht ein bisschen Hilfe", machte Lina Thorbens Stimme nach.

„Stimmt auch." Carolin nickte. „Ist doch nett von ihm, dass er Maria hilft."

Lina senkte bedrückt die Stimme. „Heike, Maria ... vielleicht will Thorben gar nicht mehr mit mir zusammen sein. Vielleicht will er ja lieber eine Freundin, die nicht so verrückt und seltsam ist wie ich."

„Ach Lina." Carolin strich Lina über den Kopf, wie es Ines immer tat, wenn sie krank war oder traurig. Seit Lina mit Thorben zusammen war, hatte sich die Freundin total verändert. Früher war sie so stark, so selbstbewusst, immer gut drauf und voller Tatendrang. Und jetzt schwankte ihre Stimmung nur zwischen himmelhoch jauchzend und zu Tode betrübt. Dazwischen gab es nichts. Genau wie bei Ines. *Nein,* dachte Carolin, *so will ich nicht enden! Wenn ich mit Ferdi zusammen wäre, würde es mir vielleicht genau so gehen.*

Aber andererseits war es auch wieder total schön mit Ferdi. Carolins Gedanken verirrten sich zu dem Wohltätigkeitsdinner. Zu den vielen Gabeln und Messern, Fischen und Fischeiern. Dazwischen tauchte Julias Gesicht auf. Wunderschön in ihrem türkisfarbenen Abendkleid. „Sie passt viel besser zu ihm als ich", murmelte sie gedankenverloren vor sich hin.

Lina schreckte hoch. „Was sagst du?"

„Ach nichts", antwortete Carolin und blickte versonnen aus dem Fenster. Dick und rund prangte der Mond am Himmel. Heute war Vollmondnacht, das hatte sie total vergessen. *Na klar!* Carolin sprang auf, Lina purzelte unsanft zur Seite. *Das ist doch die Lösung! Ich frage meinen Sternentänzer, wie es mit Ferdi und mir weitergeht. Genau. Aber das bleibt erst mal mein Geheimnis. Lina hätte dafür jetzt sowieso kein Ohr.*

„He!" Lina richtete sich auf und wischte noch einmal mit dem Ärmel übers Gesicht. „Was soll ich denn jetzt tun, Caro?"

„Am besten, du sprichst mit ihm und fragst ihn, was los ist", schlug Caro vor und drängelte Lina zur Tür. „Erzähl ihm von deinen Bedenken. Ich bin sicher, du bildest dir das alles nur ein."

„Meinst du?"

„Na klar."

Lina schniefte kurz, dann straffte sie entschlossen die Schultern. „Du hast Recht. Ich frage ihn."

Carolin begleitete Lina noch bis zur Haustür. Danach spitzte sie kurz ins Wohnzimmer, wo Ines es sich inzwischen vor dem Fernseher gemütlich gemacht hatte.

„Gute Nacht, Mam. Ich geh ins Bett." Carolin gähnte demonstrativ. „Ich bin hundemüde."

„Dann schlaf gut, Schatz."

Carolin hechtete nach oben, zog erst mal ihr Kleid aus

und knallte es in die hinterste Ecke des Kleiderschranks. Dann holte sie ihre Jeans und einen dunklen Pullover heraus und schlüpfte hinein. „Viel besser."

„Caro!" Ines rief von unten nach ihr.

Oh nee! Tot stellen! Wenn Ines mich in der Jeans sieht, riecht sie sofort Lunte.

Noch mal. „Caro?" Schritte. Ines kam die Treppe hoch.

Blitzschnell kroch Carolin unter die Bettdecke, zog sie bis über die Ohren, löschte rasch das Licht und stellte sich schlafend.

Schon öffnete sich die Tür einen Spalt weit und Ines sah kurz herein. Dann schloss sie sie seufzend wieder hinter sich.

Sternentänzers doppelte Vision

Das Nächste, was Carolin hörte, war das Klingeln ihres Weckers. Schlaftrunken schreckte sie hoch und schaute auf die Uhr. Mitternacht. *Was ist los?* Sie merkte, dass sie Jeans und Pulli trug. *Natürlich! Sternentänzer. Ferdi.* Rasch schlug sie die Bettdecke zurück. Sie musste eingenickt sein. Das war ihr noch nie passiert, seit sie Sternentänzers Geheimnis kannte. Doch kein Wunder nach diesem anstrengenden Abend! *Bloß gut, dass ich in weiser Voraussicht noch den Wecker gestellt habe,* dachte sie und streckte sich. Ganz kurz spürte sie den Wunsch, sich wieder hinzulegen und weiterzuschlafen. *Nein! Ich will jetzt wissen, was aus mir und Ferdi wird.* Sie griff sich eine Jacke, schlich aus dem Haus und radelte wie der Blitz nach Lindenhain.

Es war eine wolkenlose, aber ziemlich kalte Nacht. Carolin fröstelte unter ihrer viel zu dünnen Jacke. Leise parkte sie ihr Rad. Während sie in den Stall lief, hauchte sie sich warme Luft in ihre Hände. Sternentänzer schien schon auf Carolin zu warten. Er empfing sie mit einem leisen Wiehern und tänzelte unruhig hin und her, als sie seine Box öffnete. *Ob er nur in Vollmondnächten so aufgeregt ist? Oder in jeder Nacht?,* überlegte Carolin, während sie rasch ein paar Säcke um seine Hufe band. Sie wollte ja nicht ganz Lindenhain aufwecken. Dann führte sie ihn nach draußen bis zur Wiese. Dort entfernte sie die Säcke, schwang sich auf seinen Rücken und ritt los. „Lauf, Sternentänzer!“ Es war kalt. Eiskalt.

Carolin krallte sich mit klammen Fingern in der Mähne fest und beugte sich weit nach vorn, um die Wärme des Pferdekörpers zu spüren. Sie trieb den Hengst an. Ein eisiger Wind pfiff um ihre Ohren und Carolin wünschte, sie hätte ihre dicke Wollmütze aufgesetzt und Handschuhe angezogen. „Schneller, Sternentänzer, schneller!“, murmelte sie bibbernd und drückte ihr Gesicht noch tiefer in Sternentänzers Mähne. *Eigentlich müsste ich Sternentänzer heute ja zwei Fragen stellen,* schoss es Carolin durch den Kopf. *Wir haben ja immer noch das Jan-Problem. Ist zwar blöd, wenn ich so wichtige Dinge vernachlässige, aber die Sache mit Ferdi und mir muss ich jetzt einfach zuerst klären. Also, die Frage!* Carolin schloss die Augen und murmelte: „Ich wünschte, ich wüsste, was aus Ferdi und mir wird, ob wir zusammenkommen und ob es gut ist, dass wir zusammenkommen.“

Kaum hatte sie die Frage ausgesprochen, ging ein sanfter Ruck durch den Körper des Pferdes. Es galoppierte los. Schnell wie der Wind. Carolin klammerte sich ganz fest, fühlte sich merkwürdig. Je schneller Sternentänzer galoppierte, desto weniger spürte sie die Kälte. Ihr Kopf schien sich zu drehen, ihr wurde schwindelig, wie in einem Kettenkarussell. Sternentänzer lief schneller und schneller und Carolin sah Bilder in ihrem Kopf. *Der Platz unter den Linden. Zwei Menschen sitzen dort, halten Händchen. Sie lächeln sich an, wirken glücklich. Er legt den Arm um sie und zieht sie zu sich, sie schmiegt sich glücklich an ihn. Es sind Ferdi und sie. Dann sieht sie die beiden noch einmal. Diesmal im Stall. Sie reden laut, gestikulieren heftig, sie dreht sich um und rennt weg. Tränen strömen über ihr Gesicht. Es ist sie.* Wie in einem Rausch schoss die Bilderflut durch Carolins Kopf. Schnell, konturenlos, wie durch einen Weichzeichner gefiltert. Dann wurde Sternentänzer plötzlich langsamer. Er keuchte, lief schwerfälliger und verlangsamte schließlich zum Trab. Carolin tätschelte den schweißnassen Hals des Pferdes und ritt zurück zum Stall.

Sie zitterte am ganzen Leib, als sie Sternentänzer in die Box brachte. Aber sie wusste nicht, ob es wegen der Kälte war oder wegen ihrer Vision. Rasch rieb sie Sternentänzer trocken und legte eine Decke auf seinen Rücken. Nachdenklich strich sie über seine samtweichen Nüstern. „Was war das denn für eine merkwürdige Vision, Sternentänzer?“, murmelte sie. „Voll der Widerspruch. Ich bin kein bisschen schlauer. Wenn ich mich mit Ferdi sowieso nur zoffe, macht es doch gar keinen Sinn mit ihm zusammenzukommen“, fuhr sie bedrückt fort. Zärtlich liebkoste sie Sternentänzers Ohren. „Aber der erste Teil war wunderschön. Es hat sich gut angefühlt. Ob die Vision unklar war, weil ich so gefroren hab?“ Carolin überlegte kurz, dann schüttelte sie den Kopf. „Kann nicht sein. Die Bilder waren stark und klar.“ Sie zog sanft an Sternentänzers Ohren. „Ach Sternentänzer, kannst du mir das nicht erklären?“ Der Hengst wandte den Kopf und sah sie mit seinen großen, dunklen, feucht schimmernden Augen an. Es schien, als wolle er ihr etwas sagen. Carolin pustete kräftig in ihre immer noch klammen Hände. Sie war so durchgefroren, dass sich ihre Zähne schon eigenständig bewegten und aufeinander klapperten. „Schlaf schön, mein Süßer.“

Carolin hätte viel dafür gegeben, nun schon in ihrem warmen Bett liegen zu können. Doch zuvor musste sie noch durch die Kälte nach Hause radeln.

Vor der Haustür zog sie ihre Schuhe aus und sperrte so leise wie möglich die Haustür auf. Auf Zehenspitzen schlich sie hinein, drückte vorsichtig die Tür hinter sich zu und lauschte in den Flur. Nichts zu hören. Ines schien tief und fest zu schlafen. Carolin huschte rasch in die Küche, schnappte sich eine Banane und eilte dann nach oben. Der nächtliche Kältetrip hatte all ihre Energiereserven aufgebraucht. Sie schälte die Banane und ließ sich mitsamt ihrer Jacke aufs Bett fallen.

Ferdi! Ist Sternentänzers Vision nun eine Warnung oder eine Aufmunterung? Soll ich Ferdi eine Chance geben, weil ich glücklich mit ihm sein werde? Oder soll ich es lassen, weil ich mich mit ihm ganz fürchterlich zoffe und total unglücklich werde? Carolin biss in die Banane. *Lieb hab ich ihn eigentlich schon,* überlegte sie. *Und er ist immer da, wenn ich ihn brauche.* Es war inzwischen drei Uhr morgens, doch Carolin war noch putzmunter. Sie schluckte den Rest Banane hinunter und schleuderte die Schale in den Papierkorb. Unschlüssig tigerte sie im Zimmer auf und ab. Die Gedanken ratterten durch ihren Kopf wie die Symbole in einem Spielautomaten. *Na toll! Sternentänzer hab ich befragt. Ohne Ergebnis. Was nun?* Carolin war ratlos. War ja fast wie bei einer Ratesendung. Der Joker war verspielt, fifty-fifty auch schon dahin, nun konnte sie nur noch das Publikum befragen.

Nein, nicht das Publikum, sondern Ami! Wenn jemand Rat wusste, dann Linas weise Großmutter. *Ich muss Ami befragen,* beschloss Carolin. *Heute Nachmittag!* Sie verschränkte die Arme, schob die Gardinen zurück und spähte durch das Fenster. Draußen war es noch tiefe Nacht, der Tag noch weit weg. Carolin blickte auf ihren Wecker. Viel zu spät oder besser: viel zu früh zum Ins-Bett-Gehen. *Warum warten?* Carolin war so aufgedreht, dass sie ohnehin nicht schlafen konnte. *Ich frage Ami gleich, um fünf geh ich los,* entschied sie dann. Dass Ami schlief, war nicht zu befürchten! Denn Vollmond bedeutete auch Kräutersammeln. Viele Kräuter und Pflanzen konnten ihre Heilkraft nur entfalten, wenn sie in einer Vollmondnacht gepflückt und verarbeitet wurden, das wusste sie von Ami.

Später holte Carolin ihren warmen Daunenanorak, Handschuhe und ihre blaue Wollmütze aus dem Schrank. In der Küche legte sie Ines einen Zettel auf den Frühstückstisch. Darauf stand: „Bin Schokocroissants holen!“ Dann schlich sie leise hinaus und zog die Haustür so geräuschlos wie möglich hinter sich zu.

Dick eingemummt radelte sie zur großen Wiese am

Rand von Lilienthal, wo Amis kunterbunter Wohnwagen stand. Doch nirgendwo brannte Licht. Alles war finster.

„Komisch", murmelte Carolin, der beim Anblick der dunklen Wohnwagen doch etwas mulmig wurde. *Kein Licht. Ist Ami vielleicht schon fertig? Tut sie heute nichts?* Unschlüssig stützte sie sich auf ihrem Rad ab. *Was tun? Heimfahren? Klopfen? Vielleicht schläft sie noch und wird fuchsteufelswild, wenn ich sie aufwecke?* Auf einmal spürte Carolin, wie etwas ihren Kopf berührte. „Ihhhhh!", quiekte sie und fuchtelte mit den Armen so wild herum, dass ihr Fahrrad zur Seite fiel. Da huschte das Etwas erneut im Sturzflug an ihren Ohren vorbei und Carolin hatte Mühe in Deckung zu gehen. Sie erkannte gerade noch die Umrisse des Flugobjekts. *Was ist denn das? Eine Fledermaus?* Hastig hob Carolin ihr Rad auf. *Ich fahr wieder heim,* beschloss sie. *Das ist heute offenbar nicht meine Nacht!*

„He, Caro! Warte!" Carolin wollte gerade wieder davonradeln, als sie Linas Stimme hörte. Sie drehte sich um und blickte in Linas Augen. Und vielmehr war vom Gesicht der Freundin nicht zu sehen. Denn sie trug eine dieser banküberfalltauglichen Skimützen, bei denen nur die Augen herausgucken.

„Lina? Schläfst du gar nicht?", stammelte Carolin verblüfft. „Geht's dir wieder besser?"

„Nee, ich schlafe nicht und ja, es geht mir wieder besser. Ein bisschen." Lina zog den unteren Teil der Mütze unter ihr Kinn. „Und du?"

„Ich auch nicht."

Lina grinste. „Wir schlafen also beide nicht. Da wir das

geklärt hätten, bleibt nun die nächste Frage. Was um Himmel willen machst du hier mitten in der Nacht, Caro? Willst du zu mir? Ist was passiert?" Sie lachte. „Jetzt stell ich dir die gleichen Fragen wie du mir gestern Abend."

„Nee, ich ..." Carolin fummelte an ihrem Lenkrad herum. Es war ihr ein bisschen peinlich, Lina zu erzählen, dass sie zu Ami wollte.

„Wir waren Kräuterpflücken. Ami ist noch unterwegs", plapperte Lina los, während sie die Tür zu Amis Wohnwagen aufschloss. „Du weißt ja, die Vollmondnächte." Sie kramte Streichhölzer aus einer Schublade und zündete ein paar Kerzen an. „Ich hatte zwar nach dem ganzen Megastress mit Thorben null Bock auf einen nächtlichen Ausflug, aber Ami hat mich überlistet. Und weißt du wie?" Lina füllte einen Topf mit Wasser und stellte ihn auf den Herd. „Sie hat den kleinen Raben in mein Zimmer gelassen und dieser Fiesling ist so lange im Tiefflug über meinen Kopf gedüst, bis ich genug hatte und aufgestanden bin." Lina grinste. „Brutalste Folter. Eigentlich ein Fall für eine Menschenrechtsorganisation wie Amnesty International."

Carolin setzte sich an den Tisch.

„Und jetzt bist du dran!", sagte Lina und lehnte sich gegen den Herd.

Carolin nagte an ihrer Unterlippe. Es war ja nicht nur der unangekündigte spontane Besuch bei Ami. Lina hatte ja auch noch keine Ahnung von ihrem Gefühlschaos. Sie hatte noch keinen Schimmer von Ferdi. „Ich ... ich ... na ja, ich bin mit Sternentänzer ausgeritten ... du weißt ja, Vollmond und so."

„Klar, weiß ich! Und weiter?“

„Ich hab Sternentänzer eine Frage gestellt und eine total merkwürdige Antwort bekommen.“

Lina stöhnte. „Welche Frage und welche Antwort? Muss ich dir heute alles aus der Nase ziehen?“

In diesem Augenblick ging die Tür auf und Ami kam herein. In der rechten Hand trug sie einen Korb voller Kräuter, in der linken hielt sie ein paar Zweige und auf ihrer Schulter hockte der kleine schwarze Rabe.

„Hallo, Caro.“ Ami nickte ihr zu, als sei es das Selbstverständlichste der Welt, dass sie mitten in der Nacht in ihrem Wohnwagen hockte.

Etwas eingeschüchtert blickte Carolin auf den Raben auf Amis Schulter. Lina folgte ihrem Blick und kicherte. „Was guckst du denn so schräg? Das ist der kleine Rabe, der bei Ami lebt. Den kennst du doch?“

Carolin zog schon mal vorsorglich den Kopf ein. Sicher würde der kleine schwarze Vogel gleich abheben und wie ein wild gewordener Handfeger durch den Wohnwagen fliegen. „Dann war das vorhin auch keine Fledermaus, sondern der kleine Rabe“, murmelte sie vor sich hin.

Lauthals gähnend holte Lina drei Teetassen aus dem Schrank und brühte den Tee auf. „Wo waren wir stehen geblieben, Caro?“

Ami legte ihren weiten schwarzen Umhang ab und stellte ihren Korb in die Ecke. Dann setzte sie sich zu Carolin und blickte sie mit ihren geheimnisvollen grünen Augen an. „Was willst du mich fragen, Kind?“, sagte sie mit sanfter Stimme.

Lina stellte vor jeden eine heiße Tasse Jasmintee und hockte sich ebenfalls an den Tisch. „Das würde mich auch interessieren."

Carolin holte tief Luft. „Ich habe Sternentänzer heute Nacht eine Frage gestellt und eine doppeldeutige Antwort bekommen."

„Wie lautete denn deine Frage?"

Verlegen fingerte Carolin am Henkel der Teetasse herum. „Nun, ich wollte wissen, ob ... ob Ferdi und ich zusammenkommen", brachte Carolin schließlich hervor. „Aber ich hatte zwei Visionen: In der ersten waren Ferdi und ich zusammen und alles war schön. In der zweiten zofften wir uns schwer und ich lief weinend weg." Carolin seufzte. „Was soll ich denn jetzt tun?"

„Ferdi?", platzte Lina überrascht heraus. „Du und Ferdi? Davon weiß ich ja gar nichts!"

Ami warf ihrer Enkelin einen strafenden Blick zu. Sie nahm Carolins Hand in die ihre und lächelte weise: „Die Liebe, mein Kind, gehört zu den grausamsten Dingen des Lebens."

„Oh ja!", platzte Lina hervor und verdrehte die Augen. „Manchmal könnte ich Thorben auf den Mond schießen."

„Liebe kann fürchterlich wehtun. Aber sie gehört auch zu den schönsten Dingen im Leben. Es ist wie mit Ebbe und Flut, mit Tag und Nacht, das Leben besteht aus Gegensätzen. Alles hat immer zwei Seiten. Wenn du Licht willst, musst du auch den Schatten in Kauf nehmen. Nur wenn etwas auch Schattenseiten hat, können wir seine schönen Seiten auch wirklich empfinden."

Carolin fuhr sich durch die Haare. „Es ist auch, dass ...

Ferdi lebt in einer ganz anderen Welt als ich ... so ganz anders ... das passt doch gar nicht zusammen."

Ami lächelte sanft. „Unsere Herzen sind alle gleich."

„Aber ... was soll ich denn jetzt tun, Ami?"

Ami erhob sich und griff nach ihrem Korb. „Nun muss ich mich um meine Arbeit kümmern. Folge deinem Herzen, Caro, dann wirst du die richtige Entscheidung treffen. Sternentänzer kann dir nur die Richtung vorgeben, Caro, den Weg aber muss du selber gehen." Damit verschwand die alte Frau im hinteren Teil des Wohnwagens. Der kleine Rabe flatterte mit kräftigem Flügelschlag hinterher.

Lina packte Carolin am Arm. „Du und Ferdi, warum hast du mir denn nichts davon erzählt?"

Carolin lehnte sich zurück. „Wollte ich ja. Ein paar Mal hab ich's versucht, aber dann aufgegeben. Du hast mir ja nie zugehört. Immer war was anderes wegen Thorben."

Linas Augen funkelten. „Siehst du, das ist doch die Antwort auf deine Frage. Du hast nichts als Ärger mit den Typen." Sie legte die Hand auf Carolins Arm. „Bist du denn verliebt in Ferdi?"

Carolin zuckte mit den Schultern. „Ich weiß nicht."

„Erinnerst du dich denn nicht mehr, wie's mit Danny war?" Lina grinste. „Du fühlst es. Du spürst plötzlich ganz merkwürdige Dinge in deinem Bauch. Du wirst unsicher, wenn er in der Nähe ist und noch unsicherer, wenn er nicht da ist. Du machst bescheuerte Dinge, er ist ständig in deinem Kopf. Und manchmal, wenn er dich ansieht, versinkt die Welt um dich herum." Sie sah Carolin prüfend an. „Ist es denn so mit Ferdi?"

Carolin überlegte. „Ich weiß nicht. Ferdi kenn ich doch schon so ewig lange."

Lina nickte. „Ferdi ist voll in Ordnung. Weißt du noch damals in Berlin, wie er uns bei dem Rennen geholfen hat? Oder diese Wahnsinnsaktion, als wir nachts die armen verwahrlosten Pferde befreit haben? Auf ihn kann man sich echt verlassen."

Carolin lächelte versonnen.

„Er ist wirklich ein Superkumpel." Lina zögerte. „Wann ist das eigentlich bei euch beiden passiert? Ich meine ... Warum? ... Wie?"

Stimmt! Lina wusste ja noch überhaupt nichts. „Neulich, als wir das Picknick hatten, hat er mir gesagt, dass er sich in mich verliebt hat."

„Das Picknick?" Lina packte Carolin am Arm. „Das ist ja schon ewig her. Warum bitte schön teilst du mir, deiner besten Freundin, solch spektakuläre, superwichtige, außergewöhnlich spannende Neuigkeiten nicht sofort mit?"

„Pah! Hab ich dir doch grad erklärt. Alle Versuche dich einzuweihen sind kläglich gescheitert. Du bist mir immer mit irgendwelchen ‚Weißt-du-was-Thorben-jetzt-wieder-angestellt-hat-Geschichten' zuvorgekommen."

Schuldbewusst senkte Lina den Kopf. „Siehst du, so ist das mit der Liebe. Sie macht dich zum totalen Trottel."

Als Carolin Amis Wohnwagen verließ, wurde es bereits langsam hell. Gedankenversunken radelte sie zurück nach Hause. Sie kramte gerade in ihrer Anoraktasche nach dem Haustürschlüssel, als ihr auf einmal jemand auf die Schulter tippte. Zu Tode erschrocken fuhr Carolin herum und blickte in Ines' Gesicht. „Mam?", stammelte Carolin fassungslos. *Ertappt! Das war's. Ines hat gemerkt, dass ich die Nacht nicht zu Hause verbracht habe. Bestimmt ist sie losgezogen und hat mich gesucht.*

„Caro." Ines blickte ihre Tochter nicht weniger erstaunt an.

Mist! Und jetzt? „Ich ..." Carolins Herz klopfte bis zum Hals. *Jetzt noch eine Pleite in Mathe und ich bekomm nicht nur Hausarrest, sondern lande im Internat. Für den Rest meines Lebens.*

„Du fragst dich sicher, woher ich jetzt komme", fiel ihr Ines ins Wort.

„Ja, genau." Carolin nickte eifrig. „Wo kommst du her?"

„Na ja, ich hab mich gestern Abend noch mit Joachim getroffen und es wurde später, als ich dachte", druckste Ines herum. Ihr Kopf war knallrot. „Ich wollte dir eigentlich Bescheid sagen, dass ich noch weggehe, aber du hast schon tief und fest geschlafen, als ich los bin." Sie zog den Hausschlüssel aus ihrer Manteltasche. „Es war nicht richtig von mir, die ganze Nacht auszubleiben. Was, wenn du aufgewacht wärst, und mich nicht gefunden hättest? Ich hätte dir wenigstens einen Zettel schreiben sollen, dass ich bei Jo bin." Ines redete ohne Punkt und Komma, während Carolin vor Erleichterung ein ganzes Riesengebirge vom Herzen fiel.

„Na ja, ich hätte mir schon gedacht, dass du bei Joachim bist", entgegnete Carolin.

„Trotzdem. Einfach so die ganze Nacht über ohne eine Nachricht zu verschwinden, tut man nicht."

Carolin hatte nun größte Mühe nicht loszuplatzen. „Na ja, vergessen wir's", winkte sie großzügig ab.

„Und woher kommst du eigentlich?", fragte Ines dann, während sie die Tür aufsperrte.

„Ich ... ich war beim Bäcker ... hatte Lust auf Schokocroissants", stammelte Carolin.

„Und wo sind sie?"

„Wer?"

„Na, die Croissants."

Gute Frage. Siedend heiß fiel Carolin ein, dass sie den Bäcker völlig vergessen hatte. „Ähm ... oh ... stimmt. Die muss ich wohl liegen lassen haben."

Endlich versöhnt?

Völlig übermüdet hingen Carolin und Lina etwas später in den Schulbänken. Klar, dass an solchen Tagen in der ersten Stunde auch noch Mathe auf dem Stundenplan stand! Carolin hatte allergrößte Mühe die Augen offen zu halten und schwor sich, nur noch in Vollmondnächten ohne Mathe am nächsten Tag auszureiten.

Doch als sich die Tür öffnete, kam nicht Dr. Hutmacher herein, sondern Julia, die zwei riesengroße, prall gefüllte Einkaufstüten hinter sich herschleifte. Ein paar Minuten später öffnete sich die Tür erneut, doch es war wieder nicht Dr. Hutmacher. Diesmal war es Margarete Hanselmeier, die Sekretärin des Direktors, die ihnen mitteilte, dass Mathe ausfiel, weil Dr. Hutmacher erkrankt war. „Ihr habt also in dieser Stunde unterrichtsfrei und könnt die Zeit nutzen, euch schon mal auf die folgende Stunde vorzubereiten. Ich bitte die Klassensprecher für Ruhe zu sorgen."

Kaum hatte sich Frau Hanselmeier zurückgezogen, stand Julia auf und eilte mitsamt Einkaufstüten nach vorne. Sie stellte sich neben die Tafel und klatschte in die

Hände. „Alle mal herhören! Ich will euch etwas zeigen. Heike, kommst du mal bitte und hilfst mir!"

Gehorsam eilte Heike nach vorne.

Julia deutete auf die Einkaufstüten. „Ich hab mal wieder meinen Kleiderschrank ausgemistet. Wie ihr wisst, ist es voll uncool, ständig die gleichen Klamotten zu tragen. Bevor der ganze Kram zur Altkleidersammlung wandert, wollte ich euch die Gelegenheit geben, euch ein paar schöne Stücke davon auszusuchen." Sie lächelte hinterlistig. „Ich hab da vor allem an dich gedacht, Lina. So kommst du endlich auch mal zu einem anständigen Outfit. Wenn du magst, können wir dann gleich wechseln und packen deine alten Klamotten in den Kleidersack."

Heike grinste schadenfroh. Die anderen kicherten. Lina bekam einen hochroten Kopf.

Julia bückte sich und zog das erste Teil heraus. „Dann wollen wir mal. Hier hätte ich ..."

Weiter kam sie nicht, denn Thorben war von seinem Platz aufgesprungen und wutentbrannt nach vorne gelaufen. Er baute sich vor Julia auf und verschränkte die Arme. „Du entschuldigst dich jetzt auf der Stelle bei Lina."

„Pah, ich denk überhaupt nicht dran!" Julia packte ungerührt weiter ihre Kleider auf das Pult. „Hier hätte ich ein besonders hübsches Modell ..."

„Ich zähl bis drei."

Julia spottete: „Du kannst meinetwegen auch bis 300 zählen."

„Eins ..."

Wie gelähmt saß Lina auf ihrem Platz und beobachtete, was da vorne abging.

„Zwei ..."

Julia machte weiter. „Hosen habe ich natürlich auch anzubieten ..."

„Drei."

Julia grinste ihn an. „Gut gezählt! Und jetzt kannst du wieder an deinen Platz zurückgehen, du edler Ritter."

Thorben verzog keine Miene. Schweigend ging er zum Fenster und öffnete es weit. Dann nahm er die Einkaufstüten.

Irritiert beobachtete ihn Julia. „He, was soll das? Was hast du vor? Finger weg!"

Mit einem Ruck warf Thorben in aller Ruhe erst die eine, dann die andere Tüte zum Fenster hinaus.

Julia stürzte herbei und beobachtete, wie ihre Kleider zur Erde segelten - mitten in den Schulteich. „Spinnst du? Hast du sie nicht mehr alle?", keifte sie aufgebracht. „Das sind meine Klamotten. Frisch aus der Reinigung."

„Hat nie jemand bestritten. Aber du wolltest sie doch ohnehin loswerden", erwiderte Thorben trocken. Verächtlich musterte er Julia und Heike. „Und noch was, ihr zwei Schreckschrauben. Lina würde selbst in Lumpen schöner aussehen als ihr im schicksten Abendkleid - weil sie nämlich was hat, was ihr niemals haben werdet. Ausstrahlung. Natürlichkeit. Ehrlichkeit. Meine Lina ist das tollste Mädchen der ganzen Schule, ach was, sie ist das tollste Mädchen überhaupt." Damit wandte er sich um und setzte sich wieder an seinen Platz. Lina strahlte ihn an.

„Cooler Auftritt", raunte Carolin Lina zu. „Denen hat er's echt gegeben."

„Oh ja!“ Lina strahlte glücklich, während Julia aus dem Fenster hing und ihren Kleidern nachsah. „Thorben ist der Größte“, seufzte sie hingebungsvoll. „Nicht dass mich Julias Aktion beeindruckt hätte, aber es war so süß, wie er mich verteidigt hat. So was hat noch nie jemand für mich getan.“

Carolin betrachtete die Freundin nachdenklich. Noch vor ein paar Stunden hatte sie ganz anders geklungen. Grausam und schön. Amis Worte.

Die ganze Pause über liefen Lina und Thorben Händchen haltend über den Schulhof. Kurz bevor es klingelte, huschte Lina noch schnell zu Carolin und drückte ihr einen dicken Schmatz auf die Wange.

Carolin grinste. „He, wofür war das denn?“

„Das war für deine Unterstützung, dein Verständnis, deine Geduld.“ Lina fuchtelte wie wild mit den Armen umher. Ihre Augen funkelten. „Kurz, für die beste aller besten Freundinnen der Welt.“

Leicht verlegen winkte Carolin ab. „Ach was. Ist doch selbstverständlich.“

Lina legte den Arm um sie. „Was ich dir neulich wegen Jungs gesagt habe, vergiss es“, murmelte sie und schielte verliebt zu Thorben. „Es gibt nichts Schöneres als einen Freund. Auch wenn ich ihn manchmal an die Wand klatschen könnte oder gern in eine kleine üble Kakerlake verwandeln würde.“ Sie neigte sich ganz nah zu Carolins Ohr. „Thorben ist der Beste, aber Ferdi ist auch nicht übel“, raunte sie ihr zwinkernd zu.

Als Carolin auf dem Nachhauseweg am Bistro *Salamander* vorbeiradelte und zufällig ins Fenster blickte, wäre sie beinahe vom Rad gefallen. „Das gibt's doch gar nicht", entfuhr es ihr. „Ich leide unter Halluzinationen." Sie spitzte um die Ecke. An einem der Tische saßen Nick und Nina. Nick lachte, Nina warf ihr langes schwarzes Haar mit einer schnellen Bewegung zurück und steckte dann den Strohhalm ihres Maracujasaftes in den Mund. „Na so was!" Carolin schmunzelte. „Von wegen Schnee von gestern!" Jetzt gestikulierte Nick wild und erzählte offenbar etwas furchtbar Lustiges, denn Nina hielt sich vor Lachen den Bauch. Carolin stieg wieder aufs Rad. *Dazu muss ich Nick unbedingt befragen,* beschloss sie.

Zu Hause empfing sie eine bestens gelaunte Ines. „Na, mein Schatz, wie war dein Tag?", flötete sie.

„Ähm ... gut." Carolin stellte ihre Schultasche in die Ecke. Es gab zwei Gründe, auf der Hut zu sein – wenn Ines zu gut oder wenn sie zu schlecht gelaunt war.

„Ich hab uns zwei Döner geholt, hast du Lust?"

„Ja, klar."

Während Ines die Döner aus der Alufolie auf einen Teller packte, summte sie auch noch vor sich hin. *Was geht denn bei der ab?* Carolin holte zwei Gläser und die Flasche Wasser aus dem Kühlschrank.

„Hast du Lust auf Eis zum Nachtisch? Ich hab extra deine Lieblingssorte gekauft."

„Äh ... ja. Du, Mam, ist irgendwas passiert?", erkundigte sich Carolin vorsichtig.

Ines stellte die Teller auf den Esstisch. „Passiert, warum? Was denn?"

„Nee, nichts, ich mein ja nur." Carolin setzte sich.

Doch als Ines während des Essens weiterhin vor sich hin summte, legte sie noch einmal nach.

„Was ist denn heute mit dir los?", fragte sie, während sie die Zwiebeln aus dem Döner zupfte.

Ines seufzte tief. „Nichts. Ich bin einfach nur so glücklich heute."

„Aha! Und warum?"

Ines breitete die Arme aus. „Einfach so. Die Sonne scheint und wir sitzen hier zusammen."

Hm. Das passiert zirka an dreihundertfünfundzwanzig Tagen im Jahr.

„Und ich habe mich wieder mit Jo versöhnt."

Aha, daher wehte also der Wind! „Hab gar nicht mitgekriegt, dass ihr euch gezofft habt", schmatzte Carolin.

„Oh doch! Ich war so sauer, als er mich ständig versetzt hat, dass ich am liebsten alles hingeworfen und Schluss gemacht hätte", bekannte Ines.

„Und jetzt nicht mehr?"

Ines schüttelte den Kopf. „Er hat mir versprochen, dass sich alles ändert. Und, Caro, er fand es richtig klasse, dass ich mir neulich Lindenhain angesehen habe." Sie schluckte. „Gut, dass du mich dazu überredet hast." Ein Schmunzeln zog sich über ihr Gesicht. „Er hat mir spaßeshalber gleich einen Job als Assistentin angeboten. Ich hab aber dankend abgelehnt."

Carolin betrachtete ihre Mutter skeptisch. Und das reichte, um plötzlich summend und strahlend durch die Gegend zu laufen? „Mam?"

„Was gibt's?"

„Wie kann das sein, dass du ihn mal so doof und unerträglich findest, dass du megaschlechte Laune wegen ihm hast und dass er dich dann wieder so glücklich macht?"

Ines schob ihren Döner beiseite. „Das ist eben so mit der Liebe, Caro." Sie blickte vor sich hin. „Du wirst so unsicher, wenn du jemanden liebst, weil du ihn ganz nahe an dich heranlässt und er dich daher tiefer verletzen kann als jeder andere. Davor hast du natürlich mächtig Angst. Niemand leidet gern."

„Aber warum lässt man es dann nicht einfach ganz sein, wenn es wehtut?"

Ines guckte sie ernst an. „Weil gerade dadurch, dass er dir so nahe ist, er dich auch sehr glücklich machen kann."

Grausam und schön. Amis Worte. Die Liebe schien wirklich eine schwierige Angelegenheit zu sein! In Gedanken versunken mampfte Carolin ihren Döner zu Ende.

Es war ein kühler, aber sonniger Nachmittag. Als Carolin auf Lindenhain eintrudelte, sah sie schon von weitem, wie Sternentänzer mit Cinderella über die Weide jagte. Mit erhobenem Kopf und wehender Mähne galoppierten sie am Zaun entlang rund um die Koppel. Sternentänzer voraus, Cinderella hinterher. Zwischendurch grasten sie ein paar Minuten, um gleich darauf wieder laut schnaubend über die Koppel zu preschen. Die beiden tobenden Pferde waren ein herrlicher Anblick. Sternentänzers Fell leuchtete wie weiße Seide, seine Mähne schimmerte mondhell. Daneben glänzte das wunderschöne tiefschwarze Fell von Cinderella, ihre tiefschwarze Mähne flatterte im Wind. Nachdenklich betrachtete Carolin die beiden Pferde, während sie ihr Rad abstellte. Weiß und schwarz. Gegensätze.

„Hi, Caro."

Ferdi! Carolin fuhr herum und sah ihn an. Da war er wieder, der sanfte Flügelschlag des Schmetterlings, den sie immer häufiger verspürte, wenn Ferdi in der Nähe war. „Hi, Ferdi", stammelte sie ein wenig verlegen.

„Du, Caro", begann er und kratzte sich am Kopf. Er schien nicht weniger verlegen. „Ich wollte dich gerne einladen."

„Ähm!?"

„Nee, keine Sorge, hat nichts mit Wohltätigkeit zu tun, es gibt kein Menü und meine Familie ist auch nicht dabei", erklärte Ferdi schnell. „Hättest du vielleicht Lust, morgen Abend mit mir zu einem Eishockeyspiel zu gehen? Die Berliner Eislöwen gegen die Schobenstädter Schneetiger, das wird ein echter Kracher." Seine Augen blitzten. „Die Eislöwen spielen in der ersten Liga, die Schobenstädter zwar nur in der zweiten, aber die haben unheimlich an Power zugelegt. Na, hast du Lust?"

Carolin nickte. „Klar."

„Super", freute sich Ferdi. „Dann hol ich dich um 17 Uhr ab." Er zögerte einen Moment. „Ich bestell den Chauffeur." Er wollte schon loslaufen, doch dann drehte er sich noch einmal zu ihr um. „Ich hab noch keinen Führerschein und mit dem Rad bräuchten wir ... zwei bis fünf Tage."

Carolin grinste. „Alles klar." Sie sah an sich hinunter.

„Ich war noch nie bei einem Eishockeyspiel. Muss ich da was Besonderes anziehen?“

„Ja, Abendkleid! Mit viel Glitzerkram dran!“

„Wie?“

Ferdi grinste. „Nee. Du bist perfekt, so wie du bist.“

Carolin lief hinüber zur Weide. Jan war gerade dabei, das Gatter zu reparieren.

„Das Ding ist ja überall völlig morsch“, sagte er, als er Carolin erblickte. „Höchste Zeit, dass es ausgebessert wird. Sonst büxen euch noch die Gäule aus.“

„Stimmt“, pflichtete ihm Carolin bei. *Hatten wir ja schon mal. Damals, als Silberstern verschwunden war.* Sie sah Jan an. Seit seinem Geständnis war er wie verändert. Er wirkte lockerer, offener, nicht mehr so verkniffen wie am Anfang. „Dir gefällt es mittlerweile ganz gut bei uns auf Lindenhain, oder?“

Jan nickte, ohne seine Arbeit zu unterbrechen.

„Freut mich“, sagte Carolin und meinte es auch so. Sie mochte Jan inzwischen richtig gern.

„Dich schon, meinen Quasi-Onkel weniger“, murmelte Jan und schlug mit dem Hammer gegen eine Zaunlatte.

„Ach was. Das darfst du nicht so ernst nehmen. Gunnar ist manchmal ein alter Brummbär, aber im Grunde ist er voll in Ordnung.“

Jan richtete sich auf und wischte sich mit dem Hemdsärmel über die Stirn. „Wenn er jemals das mit der Kohle erfährt, wirft er mich raus.“

„Von uns erfährt er kein Wort, da kannst du dich drauf verlassen!“ Carolin ließ ihren Blick über die Weide schweifen. Sternentänzer und Cinderella standen nun einträchtig nebeneinander und beknabberten sich gegenseitig das Fell.

Jan folgte ihrem Blick. „Sind echt zwei superschöne Gäule.“

Carolin grinste. „Das sind keine Gäule, das sind Pferde. Und nicht nur superschön, sondern die schönsten der Welt.“

Jan deutete auf Silberstern, der gerade auf die beiden zutrabte. „Das Kleine ist ja auch richtig niedlich.“

„Silberstern ist die perfekte Mischung aus beiden“, erklärte Carolin.

„Und von der Art her? Mehr Muttergaul oder mehr Vatergaul?“

„Wenn ich das nur wüsste“, murmelte Carolin. Noch immer hatte sie nicht herausgefunden, ob Silberstern Sternentänzers magische Gabe geerbt hatte. Er war noch nicht alt genug, um eingeritten zu werden. Doch bald würde es so weit sein. Carolin konnte es kaum erwarten, endlich in einer Vollmondnacht mit ihm auszureiten. Wie Sternentänzer war auch Silberstern in einer stürmischen Vollmondnacht zur Welt gekommen, wie sein Vater hatte er diesen kleinen Stern auf der Stirn. Und manchmal blickte er sie ganz genau so an wie Sternentänzer - jedenfalls bildete Carolin sich das ein.

Sie blieb den ganzen Nachmittag auf der Weide bei den Pferden, auch als Jan schon längst abgedampft war. Der Mathestress war erst mal vorbei und sie genoss es, wieder mehr Zeit auf Lindenhain bei ihren geliebten Pferden zu verbringen. Carolin hockte auf dem Gatter und streichelte Sternentänzers Hals. Wenn sie an morgen Abend und das Eishockeyspiel dachte, spürte sie ein leichtes Kribbeln im Bauch. Aber warum eigentlich? Wie oft hatte sie schon etwas mit Ferdi unternommen!

Sternentänzer knabberte an ihrer Hand. Carolin kicherte. „Sternentänzer, erzähl doch mal, wie war das denn mit dir und Cinderella? War das Liebe auf den ersten Blick? Hast du sie gesehen und wusstest sofort: die oder keine? Ist Liebe wirklich so schwierig? Und was hältst du eigentlich von Ferdi?" Sternentänzer hob den Kopf und blickte Carolin mit seinen dunklen glänzenden Augen an. Für einen kurzen Moment schien es Carolin, als würde er ihr zuzwinkern.

Eine Liebe auf Eis

Ziemlich nervös wartete Carolin am nächsten Tag vor dem Haus. Punkt 17 Uhr fuhr der Wagen vor. Ferdi sprang sofort heraus: Er trug ausgewaschene Jeans, einen dunkelblauen Anorak und dicke Stiefel. Bei ihrem Anblick strahlte er übers ganze Gesicht. „Hi, Caro."

„Hi." Wieder meldete sich der kleine Schmetterling.

Ferdi hielt ihr die Hintertür auf. „Bitte sehr."

Carolin stieg hinten ein, Ferdi nahm vorne Platz.

Er drehte sich zu ihr um und runzelte die Stirn. „Du, ich hoffe, dir wird nicht langweilig oder du findest das Spiel gar doof ..."

„Ach was", wehrte Carolin ab. „Ich finde es schon mal super, dass man kein Abendkleid braucht oder zwanzig Gänge mit verschiedenen Besteckfolgen essen muss."

„Das ganz bestimmt nicht."

Vor dem Stadioneingang drängten sich so viele Menschen, dass Ferdi nach ihrer Hand griff. Entschuldigend lächelte er sie an. „Nur dass ich dich nicht verliere."

Carolin lächelte zurück. Ihre Hand in seiner fühlte sich gut an.

Mit seiner freien Hand kramte Ferdi die Tickets heraus. „Wir haben Reihe zehn, Plätze elf und zwölf."

„Hey, Alter!", ertönte eine Stimme hinter ihnen.

Ferdi fuhr herum, Carolin auch. Erfreut begrüßte Ferdi einen Kumpel. „Hey, Michi, wie geht's?"

Michi war einen halben Kopf größer als Ferdi, trug Jeans und einen Anorak und sah richtig normal aus. Michi schlug Ferdi auf die Schulter. „Warum warst du die letzten beiden Male nicht im Training? Wir haben dich vermisst."

Ferdi verzog das Gesicht. „Konnte nicht weg."

„Aber nächstes Mal bist du wieder dabei." Michi zwinkerte ihm zu. Er schien Ferdi zu mögen.

„Logo, Mann." Jetzt schlug Ferdi Michi auf die Schulter.

„Alles klar, bis denn." Michi kämpfte sich durch die Menschenmasse nach vorn.

„Michi ist der beste Keeper, den du dir vorstellen kannst", schwärmte Ferdi. „Wenn der im Tor steht, hat kein Puck eine Chance. Ist überhaupt ein super Typ." Er nahm Carolin fester an die Hand. „Komm, wir schieben uns auch durch."

Als sie ihre Plätze erreicht hatten, breitete Ferdi seine Arme aus und atmete tief durch. „Riechst du's, Caro? Riechst du das Eis?"

Carolin schnüffelte, konnte aber außer dem Geruch von heißen Würstchen nicht viel riechen. Sie lächelte über Ferdis Begeisterung. Man konnte geradezu spüren, wie wohl er sich fühlte.

„Ich hol uns mal einen Hotdog", meinte er dann und machte ein schmatzendes Geräusch. „Den besten, den es gibt, ich schwör's dir!" Und weg war er.

Carolin schmunzelte. Es war eisig kalt im Stadion, doch ein Gefühl der Wärme breitete sich auf einmal tief in ihrem Inneren aus.

Nach ein paar Minuten war Ferdi schon wieder zurück und hielt ihr einen Hotdog entgegen. „Hier! Und eine Limo zum Nachspülen."

„Danke."

Ferdi biss in seinen Hotdog. „Mhmm! Dafür lass ich jedes Fünfgangmenü stehen ... Oh, es geht los!" Er deutete auf die rechte Spielhälfte. „Das ist der Kasten der Eisbären, der heute hoffentlich sauber bleibt."

Carolin kaute an ihrem Hotdog, der zwar lecker war, aber auch nicht wirklich sehr anders schmeckte als die, die man in der Schule kaufen konnte.

„Oh nee!" Ferdi sprang auf. „Wie kann der Schiri so blind sein? Der hat den doch voll an die Bande gecheckt. Ich fass es nicht!", schrie er außer sich. „Hast du das gesehen, Caro? So ein Idiot! Der muss auf die Bank."

Carolin hatte nur ein paar Jungs auf Schlittschuhen hin- und herflitzen sehen, mehr nicht.

„Auf welche Bank denn? Und was bedeutet gecheckt?", erkundigte sie sich, als Ferdi wieder saß und sich etwas beruhigt zu haben schien.

„Also, gecheckt bedeutet angerumpelt oder gefoult. Und mit Bank ist die Strafbank gemeint, auf der ein Spieler eine Zeitstrafe absitzen muss." Er lächelte sie entschuldigend an. „Sorry, aber ich meine immer, jeder weiß, wovon ich spreche. Ist natürlich Blödsinn!"

Wie ich bei meinen Pferden. Carolin grinste. *Hier geht's mir wie Ferdi auf dem Pferdehof.*

„Oh nee, schon wieder! Der Schiri ist parteiisch!“ Er steckte die Finger in den Mund und pfiff.

Carolin sah ihn verwundert an. *Ich hätte gewettet, dass Ferdi zu vornehm zum Pfeifen ist.* Er wirkte überhaupt wie ausgewechselt. Überhaupt nicht mehr wie der steife, wohl erzogene Junge im feinen Anzug, sondern wie ein Lausbub in Jeans. Und dieser andere Ferdi gefiel ihr noch mehr.

Nach dem Spiel sah Ferdi sie mit blitzenden Augen an. „Hast du Lust?“

„Wozu?“

„Wenn die Eismaschine fertig ist, ist noch Publikumslauf. Wollen wir ’ne Runde zusammen drehen?“

Carolin sah ihn erstaunt an. „Wo? Auf dem Eis.“

„Klar.“

„Aber ... ich kann das gar nicht. Ich habe keine Schlittschuhe und außerdem bin ich noch nie in meinem Leben auf dem Eis gestanden.“

Ferdi winkte ab. „Schlittschuhe kann man ausleihen, den Rest zeig ich dir.“ Er packte sie an der Hand und zog sie mit sich.

So hatte Carolin kurz darauf zum ersten Mal in ihrem Leben Kufen unter den Füßen und wackelte schon im Stehen hin und her wie ein Kuhschwanz.

Ferdi streckte ihr seine Hand hin. „Komm, los! Mach einen Schritt!“

Unsicher blickte Carolin ihn an. „Ich weiß nicht.“ Der Gedanke, auf diesen Dingern auch noch zu gehen und dann auch noch auf dem Eis, behagte ihr ganz und gar nicht.

Ferdi grinste. „Ich halt dich fest, keine Angst!"

Vorsichtig versuchte Carolin einen Fuß vor den anderen zu setzen, was alles andere als einfach war. Schließlich hakte sich Ferdi bei ihr unter.

„Vergiss einfach die Schlittschuhe, vertrau dem Eis und dir selbst!"

Carolin musste lächeln. Ganz ähnlich hatte sie mit Ferdi gesprochen, als er auf Lindenhain zum ersten Mal auf einem Pferd saß. Er war kein besonders guter Reiter. Das war er bis heute nicht, aber er gab sich Mühe. Und das wollte Carolin auch: sich Mühe geben. Das war sie ihm schuldig, obwohl sie das Experiment Eislauf am liebsten sofort wieder abgebrochen hätte. Inzwischen hatte Ferdi sie auf die spiegelglatte Eisfläche geführt und sie fühlte sich so unsicher wie nur ein einziges Mal in ihrem Leben zuvor: als Lina ihr Schwimmen beigebracht hatte.

Energisch zog Ferdi Carolin von der Bande weg. „Komm schon! Das macht riesigen Spaß, du wirst sehen." Er streckte ihr seinen Arm hin. „Halt dich fest, ich zieh dich."

Also gut! Carolin klammerte sich mit beiden Händen an Ferdis Arm wie ein Schiffbrüchiger an ein Stück Holz. Ferdi fuhr los. Carolin schloss die Augen und glitt über das Eis. Bei der ersten Runde musste sie kämpfen, um nicht hinzufallen, bei der zweiten Runde landete sie kichernd auf dem Hosenboden, bei der dritten Runde versuchte sie tapfer sich gerade zu halten. Und Ferdi hatte Recht, es machte riesigen Spaß. Ferdi schien völlig in seinem Element. Als Carolin eine Pause einlegte, glitt er allein über das Eis. Man konnte meinen, er wäre mit diesen Dingern an seinen Füßen zur Welt gekommen. Er lief rückwärts und überkreuz, sprang, drehte sich auf einem Bein, sprintete und strahlte dabei übers ganze Gesicht. Carolin beobachtete ihn lächelnd. Das war seine Welt. Hier war er zu Hause. So wie sie auf dem Pferdehof. Auf dem Eis konnte ihm niemand etwas vormachen. Wie ihr auf einem Pferderücken. Je länger Carolin Ferdi betrachtete, desto kraftvoller schlug der kleine Schmetterling in ihrem Bauch mit seinen Flügeln.

Nach dem Spiel brachte der Chauffeur sie und Ferdi wieder zurück - bis vor die Haustür. Ganz Gentleman sprang Ferdi zuerst aus dem Wagen und hielt ihr die Tür auf. Er deutete eine leichte Verbeugung an. „Bitte sehr, die Dame."

Carolin kicherte und schwang sich aus dem Auto.

Ferdi verbeugte sich erneut. „Es war mir eine außerordentliche Freude, dass Sie mir die Ehre gaben mich heute zu begleiten."

Carolin boxte ihn in die Seite. „Es war ein echt netter Abend."

Ferdi sah sie an. „Fand ich auch."

Einen Moment standen sie sich schweigend gegenüber.

„Tja", machte Carolin dann.

„Tja."

Carolin räusperte sich. „Dann kommt gut heim."

Ferdi grinste. „Dafür wird der Chauffeur bezahlt."

„Klar. Also, bis morgen."

„Okay. Bis morgen."

Carolin drehte sich um und wollte gehen.

„Ach Caro!"

„Ja?"

Ferdi kam auf sie zu. „Ähm ... ich wollte dir noch was schenken. Sozusagen als Erinnerung an diesen Abend." Er nahm seinen Eishockeyschal ab und legte ihn ganz sacht um Carolins Hals.

„Danke", murmelte Carolin. Der kleine Schmetterling machte inzwischen Loopings in ihrem Bauch. Kreuz und quer.

Unschlüssig trat Ferdi von einem Fuß auf den anderen. „Pass bloß gut darauf auf, ist mein Glücksbringer."

Carolin nickte, weil sie nicht wusste, was sie sagen sollte. *Ich dreh mich jetzt um und geh rein. Ganz einfach,* dachte sie. Aber irgendwie ging es nicht. Irgendwie wollten sich ihre Füße nicht von der Stelle bewegen. Ferdi ging einen Schritt weiter auf sie zu. Er nahm die losen Enden des Schals und zog sie daran immer näher, bis sie sich ganz nahe waren. Dann strich er sacht über ihr Haar. „Schlaf gut, Carolinchen", murmelte er zärtlich.

Carolins Herz trommelte wie verrückt in ihrer Brust.

Caro auf Wolke sieben

Wie auf Wolken sauste Carolin am nächsten Tag mit dem Gongschlag aus dem Klassenzimmer und radelte nach Lindenhain. Sie freute sich richtig darauf, Ferdi wieder zu sehen. Wenn sie an ihn dachte, machte ihr Herz einen kleinen Satz. Wie er da mit glänzenden Augen im Eisstadion gesessen hatte und durch das ganze Stadion pfiff!

Anders als sonst führte ihr erster Weg sie diesmal nicht in den Stall, sondern ins Ferienhaus. Doch Ferdi war wohl noch in der Schule. Mit einem Lächeln auf dem Gesicht hüpfte sie zum Stall, wo ihr Sternentänzer freudig entgegenwieherte. Carolin drückte sich lange ganz fest an ihr geliebtes Pferd, dann ließ sie sich auf einen Heuballen in der Ecke plumpsen. „Ach Sternentänzer, der Abend gestern mit Ferdi war richtig schön. Hätte ich gar nicht gedacht. Oder doch?“ Sie sah Sternentänzer an. „Ferdi ist klasse, oder?“ Wie zur Bestätigung stupste Sternentänzer sie mit seinen Nüstern sanft am Arm. „Ist doch lustig, ich geh mit Ferdi zusammen aus und du mit Cinderella, seinem Pferd.“ Carolin schmunzelte. „Jetzt brauchen wir nur noch jemanden für Silberstern.“

„Hi, Caro!“ Nick steckte seinen Kopf in die Box.

„Hi, Nick, wie geht's dir? Wie ist dein Tag? Dein Leben?“

Nick grinste. „Was ist denn mit dir los? Ist die Schule abgebrannt? Hat eine Krankheit die Lehrer dahingerafft?“

„Viel besser ...“ Carolin wollte gerade loslegen, als Nick ihr ins Wort fiel.

„Was machen wir denn jetzt in Sachen Jan?“ Er lehnte sich gegen die offene Boxentür.

Jan. Genau. Da wollte ich mich eigentlich drum kümmern, überlegte Carolin. *Aber vor lauter Ferdi hab ich das total vergessen.*

Nick scharrte mit seinen Gummistiefeln im Stroh. „Der Gedanke, dass da draußen ein paar Idioten unterwegs sind, die nicht davor zurückschrecken, Pferde zu vergiften, bereitet mir ehrlich gesagt ganz schön Bauchschmerzen.“

Besorgt zog Carolin Sternentänzers Kopf zu sich und liebkoste ihn. „Ich würde durchdrehen, wenn Sternentänzer etwas passiert“, murmelte sie.

Nick streckte sich. „Ich hab schon an eine Alarmanlage gedacht. So ein Überwachungsteil an den Stalleingang und wenn dann nachts jemand kommt oder geht, schreit das Ding los.“

Super Idee! Und wenn ich in einer Vollmondnacht auf Sternentänzer ausreite, wacht der ganze Hof auf, dachte Carolin.

„Aber andererseits werden diese Typen ja kaum den Haupteingang nehmen, macht also nicht viel Sinn“, ergänzte Nick. Er rollte mit den Augen. „Warum kann dieser Jan nicht einfach ein ganz normaler Typ sein? Warum muss dieser Vollidiot auch die Kohle von dieser Sandra abgreifen? Wir müssen was unternehmen. Aber was?“

In diesem Moment ertönte ein schepperndes Geräusch. Carolin schreckte zusammen. „Was war das?“

Nick drehte sich um und spähte in den Stall. Nichts war zu sehen. „Keine Ahnung! Wahrscheinlich hat ein Pferd einen Eimer umgestoßen.“

Carolin nagte an ihrer Unterlippe. „Die Typen haben Jan einmal erfolgreich erpresst, sie werden es vermutlich wieder probieren.“

Nick stiefelte in die Box, setzte sich neben Carolin auf den Heuballen und sah Sternentänzer nachdenklich an. „Ich glaub auch, dass sie es demnächst wieder versuchen werden. Aber ich glaube nicht, dass Jan dann sofort zu uns rennt und uns alles brühwarm erzählt.“

Carolin sah Nick mit großen ängstlichen Augen an. „Vielleicht ist es ja schon passiert. Vielleicht überlegen die sich gerade ...“ Carolin wollte es nicht aussprechen.

Nick schwieg.

„Was können wir denn nur unternehmen?“ Carolin stand auf und tätschelte Sternentänzers schlanken Hals. *Vielleicht weißt du ja die Antwort. Eigentlich hätte ich dich wegen Jan schon längst fragen sollen. Aber das holen wir nach,* fügte sie in Gedanken hinzu. *Zum Glück dauert Vollmond nicht nur einen Tag an.*

„Und wenn du Sternentänzer befragst“, schlug Nick just in dieser Sekunde vor. Er war einer der wenigen, die von der besonderen Gabe des weißen Hengstes wussten.

Carolin nickte entschlossen. „Ja, das mach. Gleich heut Nacht.“

„Gut." Nick raffte sich auf und wollte wieder an seine Arbeit.

Doch Carolin hielt ihn an seinem Overall zurück. Es gab da noch etwas zu klären. „Was ist jetzt eigentlich mit dir und Nina?"

„Nichts, warum?"

Carolin grinste über das ganze Gesicht. „Ich hab euch neulich zusammen im Bistro gesehen. Das sah gar nicht nach *nichts* aus."

Verlegen kratzte sich Nick am Kopf. „Ach ja?"

„Seid ihr jetzt doch zusammen?", wollte Carolin neugierig wissen.

Nick winkte ab. „Nee! Das wird nichts mit uns. Sie in Berlin, ich hier. Sie in ihrer Glitzer-Glamour-Welt, ich im Pferdestall. Sie in Pumps, ich in Gummistiefeln. Aber wir haben beschlossen, dass wir Freunde bleiben. Sie will mir regelmäßig mailen. Sagt sie zumindest." Nick zog eine Grimasse. Mit einem Mal sah er ein wenig traurig aus.

„Freunde kann man nie genug haben", versuchte Carolin ihn zu trösten.

„Klar. Na ja, ich muss dann mal wieder ..."

Nick verzog sich, Carolin blieb noch bei Sternentänzer. Sie kämmte seine mondhelle, seidenweiche Mähne und verwöhnte ihn mit Leckerli.

Als sie wenig später den Stall verließ, kam Jan gerade aus dem Haupthaus. Er sah genau so aus wie damals, als sie ihm das erste Mal begegnet war. Zerrissene Jeans, offene Haare, Rucksack auf dem Rücken. *Komisch!* Mit großen Schritten stapfte er vom Hof.

„Hi, Jan“, rief sie ihm zu, doch Jan reagierte nicht.

Carolin lief auf ihn zu. „Wo willst du denn hin?“

Jan sah sie nicht einmal an.

„Was geht denn bei dir ab?“ Carolin packte ihn am Arm.

„Verzieh dich!“ Jan machte sich frei und ging wortlos einfach weiter.

Völlig perplex sah ihm Carolin nach, bis er hinter der nächsten Wegbiegung verschwunden war. Die Tür zum Haupthaus stand weit offen. Carolin schlüpfte hinein. Die Tür zu Gunnars Büro war nur angelehnt.

„Das war ein Fehler, ja, aber es tut ihm Leid“, hörte sie Vickys Stimme.

„Fehler?“, polterte Gunnar laut los. „Der Junge ist hochgradig kriminell. Durch und durch, sieh das endlich ein, Vicky. Ich hab ihm eine Chance gegeben und zum Dank stiehlt er Kohle.“

Mist! Carolin biss sich auf die Unterlippe. Gunnar wusste es also. Aber woher? Von Jan bestimmt nicht. Und Nick hatte sicher auch nichts verraten.

„Und verhöhnt mich auch noch.“ Gunnar machte Jans Stimme nach. „Durchsucht mich doch.“

Schweigen.

„Und was das Schlimmste ist, Vicky: Alle haben es gewusst. Alle. Du wahrscheinlich auch. Und wenn ich es nicht eben zufällig im Stall gehört hätte, hätte ich es nie erfahren.“

Eben im Stall ... oh nein! Der Eimer. Das war kein Pferd,

das war Gunnar. Er hat gehört, wie ich mich mit Nick über Jan unterhalten habe. Mist!

„Nee, Vicky, dir zuliebe hab ich zugestimmt. Aber ich hatte von vornherein Bauchschmerzen."

„Du mochtest ihn von Anfang an nicht. Du hast nur darauf gelauert, dass er einen Fehler macht", gab Vicky verärgert zurück.

„Da musste ich ja auch nicht lange drauf warten. Er ist weg und das ist gut so."

Verdammt! Jan hat seinen Job verloren.

„Du bist so was von selbstgerecht", hörte sie Vickys Stimme. „Machst du nie Fehler? Oh nein, du bist der große, perfekte Gunnar. Mann!" Vicky klang wütend. Pause. „Ist das alles, was du dazu zu sagen hast? Nichts."

Schweigen.

Wieder Vicky. „Das ist verdammt wenig, Gunnar."

Wieder Schweigen. Dann öffnete sich die Tür so schwungvoll, dass sie Carolin beinahe gegen die Nase geknallt wäre. Vicky stürmte mit blitzenden Augen und wehenden Haaren heraus. Aufgebracht rauschte sie an Carolin vorbei. *Mist! Ich muss Gunnar unbedingt die Wahrheit über Jan sagen,* schoss es Carolin durch den Kopf. Sie wartete einen Moment, bevor sie in Gunnars Büro spitzte. Er stand am Fenster und blickte hinaus. Carolin klopfte gegen den Türrahmen. „Gunnar?"

„Was?"

„Es ist wegen Jan ...", begann Carolin stockend. „Es ist nicht so, wie es aussieht und ..."

Gunnar drehte sich um. Er sah müde aus. Blass, eingefallen. „Lass gut sein, Caro!"

„Aber Jan ...“

„Ich hab keine Lust mehr, über diesen Typen zu diskutieren, Caro. Er ist weg und das ist gut so. Vielleicht kommt ja jetzt endlich wieder Ruhe auf den Hof. Lass mich bitte allein, Caro!“

Mit gesenktem Kopf schlich Carolin aus Gunnars Büro.

„Caro. Hier bist du, ich hab dich schon überall gesucht.“ Atemlos stand Ferdi am Eingang. „Ich hab dein Rad gesehen und wusste so, dass du da bist, aber im Stall warst du nicht.“

„Ferdi.“ Ein kleines Lächeln huschte über Carolins Gesicht.

Ferdi nahm sie an der Hand. „Komm mit!“

„Halt! Wohin?“, protestierte Carolin, ließ sich aber nur zu gerne von ihm mitziehen. *Eigentlich müsste ich mich ja um Jan kümmern,* überlegte sie kurz.

Ferdi drückte zärtlich ihre Hand, während er sie über die Wiese führte. „Es war ein wunderschöner Abend gestern.“

„Stimmt.“ Carolin seufzte.

„Mit dir macht Eishockey noch mehr Spaß“, grinste Ferdi. „Komm!“

Übermütig liefen sie Hand in Hand über die Wiese wie junge Pferde – bis hoch auf den Hügel unter die alten, knorrigen Linden. „Dass ich mal auf einem Pferdehof so glücklich sein würde, hätte ich auch nicht gedacht“, murmelte er.

Carolin grinste. „Dass ich mal hier oben mit dir Hand in Hand stehen würde, habe ich auch nicht gedacht, als ich dich zum ersten Mal auf Lindenhain gesehen habe.“

„Du fandest mich voll daneben, oder?"

„Na ja ...", kicherte Carolin.

Ferdi boxte ihr spielerisch in die Seite. „Vorsicht!"

„Du warst schon schräg drauf!"

Ferdi packte sie und begann sie zu kitzeln. „Schräg drauf, oder?"

Carolin wand sich lachend. „Total. Und wie du dich mit den Pferden angestellt hast!"

„Ich habe eben Respekt vor großen Tieren."

„Respekt!? ... Schiss!" Carolin kicherte. „Aber wie!"

„Also gut. Du hast Recht", gab Ferdi nach und legte seinen Arm um sie.

Schweigend blieben sie eine Weile ganz dicht nebeneinander stehen.

Carolin genoss seine Nähe. Sie fühlte sich mit einem Male ganz leicht und glücklich. *Vielleicht wird das ja doch noch was mit uns,* überlegte sie mit verklärtem Blick.

Die Falle schnappt zu

Dann war es endlich Abend. Ines war zum Glück mal wieder mit Dr. Sander verabredet und wollte auch bei ihm übernachten. Das kam Carolin überaus gelegen, denn so konnte sie problemlos das Haus verlassen. In Windeseile radelte sie nach Lindenhain. Es war eine dunkle Nacht, dicke Wolken verhüllten den Vollmond. Doch es war nicht so frostig wie zwei Nächte zuvor. Sicherheitshalber hatte sich Carolin aber diesmal warm eingepackt. Mit ihrer Wollmütze auf dem Kopf, Handschuhen und ihrem Daunenanorak, der so dick war, dass sie sich darin kaum bewegen konnte und sich vorkam wie das Michelin-Männchen.

Bereits an der Stalltür wurde sie von Sternentänzer mit einem leisen Wiehern empfangen, gerade so, als hätte er auf sie gewartet. Carolin eilte in seine Box. „Hallo, mein Schöner, gleich geht's los", begrüßte sie ihn. Der Hengst war offenbar hoch erfreut, dass er so kurz hintereinander in zwei Vollmondnächten ausgeritten wurde. Carolin kraulte ihn zwischen den Ohren, dann führte sie ihn leise hinaus auf den Hof. Erst als sie außer Sichtweite waren, schwang sie sich auf Sternentänzers Rücken und ritt los. „Lauf, Sternentänzer." Carolin hatte alle Mühe, sich mit den Handschuhen in der Pferdemähne festzuhalten. Sie beugte sich tief über Sternentänzers Hals, was auch nicht ganz einfach war, denn der Anorak war dick und sperrig. „Schneller, Sternentänzer, schneller!" Die Pferdemähne schlug ihr ins Gesicht. Carolin atmete tief durch. *Also gut, nun die Frage:* „Ich wünschte, ich wüsste, wie wir Jan helfen können", murmelte sie leise vor sich hin und schloss die Augen.

Im gleichen Moment ging ein sanfter Ruck durch den Körper des Pferdes. Es galoppierte los. Schnell wie der Wind jagte es dahin. Carolin klammerte sich fest. Sie fühlte sich merkwürdig, ihr Kopf schien sich zu drehen. Ihr wurde schwindelig, wie in einem Kettenkarussell. Sternentänzer galoppierte schneller und schneller und Carolin sah Bilder in ihrem Kopf. *Eine Straße, Jan, umringt von drei Typen. Er gibt einem etwas. Jemand nimmt Jans Arm und dreht ihn auf den Rücken. Jans Gesicht ist schmerzverzerrt. Plötzlich erscheint die Polizei, ein Streifenwagen, Handschellen. Die drei werden festgenommen.* Wie in einem Rausch schoss eine Bilderflut durch Carolins Kopf. Schnell, konturenlos, wie durch einen Weichzeichner gefiltert. Dann wurde Sternentänzer plötzlich langsamer. Er keuchte und lief schwerfälliger, schließlich verlangsamte er zum Trab, dann zum Schritt. Ein wenig mühsam richtete sie sich auf und wischte sich mit einer Handschuhhand über die Stirn. Sie war patschnass geschwitzt. Mit den Zähnen befreite sie sich rasch von den Handschuhen und klopfte Sternentänzer auf den

Rücken. Sein Fell war ebenfalls klatschnass vor Schweiß. Hastig brachte sie ihn zurück in die Box und rieb ihn trocken. „Da hätten wir auch draufkommen können", murmelte sie dabei. „Wir müssen diesen Typen eine Falle stellen, ganz klar. Mit Jans Hilfe. Und mit Hilfe der Polizei." Zum Abschied drückte sie Sternentänzer einen Kuss auf die Nüstern und machte sich auf den Heimweg.

Nur wie stellen wir es am geschicktesten an?, überlegte sie, während sie kräftig in die Pedale trat. Sie streckte ihren Kopf zurück und ließ sich den Fahrtwind um die Ohren wehen. *Ich kann ja schlecht die Notrufnummer wählen und einfach sagen: Könnten Sie uns bitte helfen ein paar Typen eine Falle zu stellen? Irgendwie dämlich!* Carolin schaute nach oben zum Himmel, just in diesem Moment kam die große leuchtende Scheibe hinter einer dunklen Wolke zum Vorschein. Und plötzlich hatte sie eine Idee.

Zu Hause flitzte sie gleich nach oben in ihr Zimmer, legte Handschuhe und Mütze weg und machte sich daran, die Schubläden in ihrem Schreibtisch zu durchwühlen. „Wie hieß der denn nur?" Sie sah ihn noch genau vor sich. Freundliches Gesicht, Glatze, fröhliche, wasserblaue Augen, so breit wie hoch. Nur der Name fiel ihr nicht ein. Ihr Blick fiel auf Sternentänzers Bild in dem Silberrahmen. „Wie hieß denn nur der Polizist, der uns damals geholfen hat? Du weißt doch, wegen Frank Stone. Der war nett." Carolin nahm das Bild und ließ sich auf die Knie sinken.

Frank Stone alias Jakob Heller. Er war der Vorbesitzer von Sternentänzer. Ein ganz übler Bursche. Gesucht wegen Einbruch, Diebstahl und Versicherungsbetrug. Es schien eine Ewigkeit her zu sein. Carolin lächelte. Eigentlich müsste sie Stone dankbar sein. Denn wenn er damals nicht Sternentänzer nach Lindenhain gebracht hätte, wäre sie dem schönsten und geheimnisvollsten Pferd der Welt niemals begegnet.

Zärtlich strich sie mit den Fingern über Sternentänzers Kopf, dann stellte sie das Bild wieder zurück auf den Schreibtisch und kramte weiter durch ihre Schubläden. „Sein Name muss auf dem Protokoll stehen, das er mir damals gegeben hat", murmelte sie. „Aber wo hab ich das nur hin?" Schließlich fand sie es, ganz tief unten in der letzten Schublade. Ordentlich aufbewahrt in einer Klarsichthülle. „Na also." Rasch überflog sie das Schreiben. „Hier! Eberhard Dieter. Genau, das war er. Hoffentlich ist er nicht schon pensioniert." Zufrieden packte sie die Hülle wieder zurück in die Schublade. Sie hatte einen Plan geschmiedet.

Eberhard Dieter war noch im Dienst und er erinnerte sich noch ganz deutlich an Carolin Baumgarten, Frank Stone und Sternentänzer.

„Ja sieh mal einer an, wen haben wir denn da?", rief er hocherfreut, als Carolin tags darauf gleich nach der Schule die Tür zu Zimmer 102 öffnete. Er strahlte vor Freude übers ganze Gesicht, sodass sein Doppelkinn bebte wie ein Wackelpudding. „Komm doch rein, nimm Platz!"

Carolin ließ sich auf dem Stuhl ihm gegenüber nieder.

„Und wie geht's denn dem Pferdchen? Sternenregen, so

hieß es doch?“ Er streckte ihr ein Pfefferminzbonbon entgegen. „Magst du?“ Er klopfte sich auf seinen voluminösen Bauch. „Muss abspecken, meint meine Frau. Minzbonbons helfen, meint auch meine Frau.“ Er zwinkerte ihr verschwörerisch zu. „Und ich sag, gegen ein anständiges Schnitzel kick ich jedes Minzbonbon in die Tonne. Also, Mädel!“ Er sah Carolin an. „Dich treibt doch sicher nicht die Sehnsucht zu mir. Was kann ich denn für dich tun? Geht es wieder um ein Pferd?“

Carolin schüttelte eifrig den Kopf. „Nee. Obwohl ... indirekt eigentlich schon. Es geht um Jan. Vickys Neffen. Ach, und Vicky ist die Freundin von Gunnar, dem Besitzer von Lindenhain. Und Jan hat neu bei uns angefangen, er hilft Nick. Jan war früher in einer Gang, die erpresst ihn jetzt. Und er hat Geld gestohlen, weil diese gemeinen Typen sonst die Pferde vergiften wollten. Gunnar hat es herausgefunden und Jan rausgeworfen. Wir wollen ihm helfen. Wir wollen den Typen eine Falle stellen, wenn sie Jan wieder erpressen und dann können Sie und Ihre Kollegen alle gleich festnehmen.“

„Aha“, machte Dieter und kratzte sich am Kopf. „Ich hab kein Wort verstanden.“ Er drückte auf die Gegensprechanlage. „Frau Katzeder, bringen Sie mir doch mal eine Tasse Kaffee und meiner Besucherin eine Tasse Kakao.“ Er zwinkerte Carolin zu. „Meinen Kaffee bitte mit richtig viel Sahne.“ Er lehnte sich auf seinem Stuhl zurück. „Schätze, es dauert etwas länger, bis du mir das alles so erklärt hast, dass ich folgen kann.“

Drei Tassen Kaffee mit richtig viel Sahne und drei Tassen Kakao später verließ Carolin das Polizeipräsidium wieder. Dieter Eberhard war eine harte Nuss. Es war nicht einfach gewesen, ihm alles zu verklickern. Anfangs hatte er nur den Kopf geschüttelt und wollte ihr nicht so recht glauben. Sie musste einiges an Überzeugungsarbeit leisten. Nur gut, dass sie einen Vertrauensbonus genoss, schließlich war die Geschichte damals mit Sternentänzer nicht gerade alltäglich gewesen. Auch von ihrem Plan war er zunächst nicht sonderlich begeistert, doch schließlich hatte er zugestimmt. „Gib mir sofort Bescheid, wenn du mit Jan gesprochen hast und klar ist, wann die Aktion steigen wird", hatte er gesagt. „Ich bereite dann mit ein paar Kollegen alles vor und du kannst sicher sein, dass wir zur Geldübergabe an Ort und Stelle sind und uns die Kerle vorknöpfen."

Quietschvergnügt und total aufgedreht radelte Carolin dann nach Lindenhain. *Na also! Alles wird gut. Jan stellt den fiesen Tiervergiftern eine Falle, Eberhard sperrt sie hinter Schloss und Riegel und Jan kann zurück auf den Hof kommen.* Carolin war so in ihre Gedanken versunken, dass sie beinahe Hofhahn Fridolin überrollte hätte. Mit lautem, aufgebrachtem Krähen und wilden Flügelschlägen schaffte er es gerade noch, sich in Sicherheit zu bringen.

„He, Caro!" Nick stiefelte mit einer voll beladenen Mistkarre über den Hof. „Du darfst den armen Fridolin nicht so erschrecken, er ist nicht mehr der Jüngste." Nick blieb neben ihr stehen und stellte die Karre ab. „Schöner Mist!

Wär eigentlich mein freier Tag heute." Er trat mit dem Gummistiefel gegen die Karre, die bedenklich hin und her schaukelte. „Ein Freund hat mich zu einer Motorradtour eingeladen. Supertrip. Und was mach ich? Mist schaufeln." Er verschränkte die Arme und stellte sich breitbeinig hin. „Ich hab Gunnar heut früh schon gesagt, dass er sich bald zwei Neue suchen kann."

Carolin parkte ihr Rad. „Weißt du, wo ich gerade war? ... Bei der Polizei", stieß sie atemlos hervor. „Jan übergibt das Geld, dann kommt die Polizei und nimmt die Typen fest. Jan ist gerettet." Triumphierend zog sie den Zettel mit der Telefonnummer aus ihrer Hosentasche. „Hier ist der direkte Draht zu Eberhard." Erwartungsvoll blickte sie Nick an.

Nick machte große Augen. „Jetzt noch mal langsam, Caro. Ich versteh nur Bahnhof."

Doch als sie Nick den Besuch bei Eberhard Dieter schließlich in allen Einzelheiten verklickert hatte, zuckte der nur mit den Schultern. „Super Idee, Caro! Hat nur leider einen Haken."

„Welchen?"

„Jan."

„Wie?"

„Jan ist verschwunden, weg, nicht aufzufinden. Sein Handy ist aus. Vicky hat schon alle seine Freunde durchtelefoniert. Nichts. Sie ist völlig aufgelöst vor Sorge, Gunnar plagt das schlechte Gewissen, weil er Jan vom Hof gejagt hat. Ohne Jan kein Plan." Er verzog das Gesicht zu einem Grinsen. „Reimt sich sogar."

„Verschwunden", murmelte Carolin besorgt. Sie sah Jan

noch vor sich, wie er mit seinem Rucksack vom Hof marschiert war. „Wir müssen ihn suchen, Nick“, presste sie hervor.

„Ach was.“ Nick nahm seine Schubkarre wieder hoch. „Der ist über alle Berge. Wahrscheinlich nach Frankfurt oder Berlin getrampt oder was weiß ich. Würd ich zumindest tun, wenn ich er wär.“ Er stapfte los Richtung Misthaufen, Carolin hinterher.

„Das glaub ich nicht, Nick. Ich hab so das Gefühl, dass er noch hier in der Gegend ist.“ Ungeduldig zupfte sie an seinem Overall. „Wir müssen ihn suchen, Nick.“

„Mann, Caro!“ Nick verdrehte die Augen. „Und wo und wie? Durch Lilienthal laufen und seinen Namen schreien?“

„Quatsch!“

„Na also.“ Nick schob die Karre weiter. „Lass gut sein, Caro!“

Carolin stolperte hinter ihm her. „Mensch, Nick! Es ist eisig draußen, zu essen hat er bestimmt auch nichts und ... und ...“ Plötzlich kam ihr ein Gedanke. „Sternentänzer kann uns helfen. Wenn Jan noch hier in der Gegend ist, bringt uns Sternentänzer zu ihm. Hundertpro!“

Nick kippte den Mist auf den Haufen. Er grinste. „Na gut! Du gibst ja doch nicht eher Ruhe, Carolin Baumgarten.“ Er stellte die Karre zur Seite und wischte sich die Hände an seinem Overall ab.

Carolin juchzte. „Ich mach Sternentänzer schon mal klar“, rief sie Nick zu und düste zum Stall.

Eine Viertelstunde später trabten sie Seite an Seite vom Hof. Carolin auf Sternentänzer, Nick noch im Overall auf Cinderella. „Aber nur eine Runde, Caro."

Carolin nickte. Sie beugte sich nach vorn. „Wir suchen Jan, Sternentänzer. Wir müssen ihn finden, du musst uns helfen. Bring uns zu Jan, Sternentänzer!"

Sternentänzer streckte den Kopf weit in die Luft, richtete die Ohren auf und blähte die Nüstern weit. So hielt er einen Moment inne, dann setzte er sich in Bewegung. Erst ganz langsam, dann immer schneller. Nick trabte auf Cinderella hinterher. Auf einer großen Waldlichtung blieb Sternentänzer kurz stehen, Cinderella holte auf.

„Hast du eine Ahnung, wo es hingeht?", fragte Nick. „Bist du sicher, dass Sternentänzer sich nicht einfach nur zum Spaß ein bisschen austobt?"

Carolin schüttelte energisch den Kopf. „Ich vertraue Sternentänzer blind. Er weiß genau, worum es geht." Sie blickte sich um. „Ich weiß übrigens auch, wo wir hier sind", meinte sie dann. „Genau hier hat sich Silberstern immer mit der blinden Stute Esperanza getroffen, wenn er ausgebüxt ist."

Nick runzelte die Stirn. „Aber was hat das mit Jan zu tun?"

„Keine Ahnung." Carolin neigte sich zu Sternentänzers Kopf. „Bring uns zu Jan, Sternentänzer, los!"

Sternentänzer trabte weiter, Cinderella folgte ihm. Sie jagten über Felder, durchquerten Wiesen und Wälder. Mal im Trab, mal im Galopp. Sie waren bereits eine knappe halbe Stunde unterwegs, als Sternentänzer das Tempo verlangsamte. Er bog in einen schmalen, fast zugewachsenen Feldweg ein, der Carolin bekannt vorkam. „Der Weg führt zum Pferdehof“, rief sie Nick zu. „Du weißt doch, der Hof, wo die Tierquäler gehaust haben.“

„Warte mal!“

Carolin stoppte Sternentänzer.

„Hast du Jan die Geschichte erzählt?“

Carolin überlegte. „Ja, ich glaub schon. Klar! Als er Esperanza neulich zur Nachuntersuchung brachte, wollte er alles über sie wissen.“

Nick blickte sich um. Er war zum ersten Mal hier. „Der Hof liegt ja total versteckt und einsam.“

Carolin nickte. „Ich frag mich, wie er den bloß gefunden hat.“

„Wenn er sich überhaupt hier verkrochen hat“, meinte Nick und trieb Cinderella an. „Lass uns mal nachsehen!“

Mit größtem Unbehagen ritt Carolin durch den baufälligen Torbogen bis zu dem Gehöft. Es sah alles noch heruntergekommener aus als bei ihrem letzten Besuch. Zersplitterte Fensterscheiben, abgebröckelter Putz, in den Pfützen schwammen Abfall und Pferdemist. Nick stieg ab und band Cinderella an einen Holzpfosten. Aufmunternd nickte er Carolin zu. „Die Bande ist im Knast oder über alle Berge, keine Bange.“ Er sah sich um. Es war totenstill. „Hier ist kein Mensch“, sagte er. „Da hat sich Sternentänzer wohl geirrt.“

„Sternentänzer irrt sich nie.“ Carolin glitt aus dem Sattel und band Sternentänzer neben Cinderella fest. Sie blickte sich aufmerksam um, die Haustür des Wohngebäudes war mit Brettern vernagelt. Zielstrebig lief sie daher Richtung Stall.

„Warte doch!“ Nick überholte sie, drückte die Stalltür vorsichtig mit der Schulter auf und lauschte hinein. „Nichts zu hören.“

Carolin legte die Hände wie einen Lautsprecher über ihren Mund. „Jaaaaaaaaannnnn!!“, schrie sie, so laut sie konnte.

Nichts. Nick zuckte die Schultern. „Wenn er da wäre, hätte er das hören müssen.“

„Sternentänzer irrt sich nicht.“ Wild entschlossen marschierte Carolin den Stallgang entlang und drückte eine Tür am seitlichen Ende auf.

„Warte doch!“

„Nick, komm! Er ist hier!“ In der hintersten Ecke der Futterkammer kauerte auf einem Heuballen eine Gestalt, die Mütze tief ins Gesicht gezogen. Die Haarspitzen, die heraushingen, und der Rucksack daneben verrieten, dass es Jan war. Seine Augen waren geschlossen. Aus seiner Mütze baumelten Kabel.

„Er hat den MP3-Player an, deswegen hat er mich nicht gehört“, raunte Carolin Nick zu.

„Wie lang er wohl schon hier ist?“

„Es ist saukalt hier.“ Carolin ging auf Jan zu und tippte vorsichtig an seine Schulter. „Jan?“

Ein unwilliges Zucken.

Carolin tippte heftiger. „Jan?“

„Hä?“ Jan schreckte hoch und blickte überrascht auf Carolin und Nick. „Hä? Was macht ihr denn hier?“

„Wir haben dich gesucht, Alter.“

Jan nahm den Stecker aus seinem rechten Ohr und blickte sie fragend an. „Warum?“

Carolin kniete sich neben ihn auf einen Büschel Heu. „Weil wir dir helfen wollen."

„Ich komm schon allein klar."

„Jetzt zick nicht rum, Mann!"

Jan erhob sich. „Was soll das? Erst einen verraten, dann helfen wollen."

Carolin und Nick wechselten einen erstaunten Blick. „Wir haben dich nicht verraten, Jan."

Jan winkte ab. Sein Gesicht war voller Misstrauen. „Ach ja. Wer dann? Der Weihnachtsmann?"

„Gunnar hat zufällig mitbekommen, wie wir uns über dich unterhalten haben. Im Stall. Wir wussten nicht, dass er da war." Carolin zuckte die Schultern. „War blöd."

Jan sah von einem zum anderen. „Ja und? Jetzt habt ihr mir das verklickert, dann könnt ihr wieder abziehen."

Nick packte Jan am Arm. „Wir wollen dir helfen, Jan."

Jan riss sich los. „Was soll das? Ich brauch keine Hilfe. Ich komm allein klar."

„Wir wollen, dass du wieder zurück nach Lindenhain kommst."

„Pah!" Jan sah sie verächtlich an. „Super Idee! Dass mich Gunnar noch mal vom Hof jagen kann. Darauf hab ich echt keinen Bock!"

„Nee. Du redest mit Gunnar und erklärst ihm alles. Du wirst sehen, er versteht das. Gunnar ist kein Unmensch. Er ist ganz geknickt, dass du verschwunden bist."

Jan sah betreten zu Boden. „Der glaubt mir doch kein Wort."

Carolin lächelte Jan aufmunternd an. „Wir haben da eine Idee", sagte sie und weihte Jan in ihren Plan ein.

„Nee. Vergiss es!“ Jan packte seinen Rucksack. „Mach ich nicht.“

„Aber warum denn nicht?“

„Caro, das Leben ist kein Ponyhof. Das sind keine Kaffeetanten, die mal ’ne Packung Kaffeesahne mitgehen lassen, das sind schwere Jungs. Die schrecken vor nichts zurück.“

„Aber Eberhard ist doch dabei und beschützt dich.“

Jan grinste. „Dein Eberhard in allen Ehren, aber ...“

„Und was schlägst du stattdessen vor? Du verschwindest einfach, was?“, fuhr ihn Nick zornig an. „Machst dich feige aus dem Staub! Wie immer. Superlösung! Bis zum nächsten Mal, oder?“ Er boxte ihn wütend in die Seite. „Weglaufen, das ist einfach.“

Jan hatte Mühe, Nicks Boxschläge abzuwehren. „He, was soll das? Lass mich!“

„Bis zu deinem nächsten Job, oder was? Dann kommen deine Freunde wieder und kassieren ab. Du krallst dir die Kohle.“ Nick bebte vor Wut. „Und so machst du weiter, bis tatsächlich mal was passiert, ja?“

Carolin packte Nick am Ärmel. „Hör auf damit!“

Nick betrachtete Jan verächtlich. „Hätte echt nicht gedacht, dass du so ein verdammter Feigling bist. Mist bauen und nicht dazu stehen!“

Jan zögerte einen Augenblick, dann knallte er seinen Rucksack auf den Boden. „Also gut“, murmelte er. „Was soll ich tun?“

„Hier.“ Nick kramte sein Handy aus der Jackentasche und streckte es ihm hin. „Ruf deine feinen Freunde an! Sag ihnen, dass du noch mal Geld aufgetrieben hast und verabrede dich mit ihnen für morgen, sagen wir 17 Uhr, zur Geldübergabe." Nick drehte sich zu Carolin. „Wo, Caro?"

Hm. Gute Frage.

„Etwa vier Kilometer außerhalb von Lilienthal auf der Straße nach Grünstadt führt rechts ein kleiner Feldweg zu einem alten Schuppen. Da haben wir uns das erste Mal auch getroffen", meinte Jan etwas kleinlaut und griff nach Nicks Handy.

Wie immer, wenn man auf etwas wartete, verging die Zeit im Schneckentempo. Eberhard Dieter hatte Carolin streng verboten, bei der Geldübergabe-Aktion dabei zu sein. So saß sie ab 16 Uhr wie auf Kohlen zu Hause herum. Oder besser: Sie tigerte auf und ab, durch das Wohnzimmer in die Küche, von dort hoch in ihr Zimmer und wieder zurück. Bis Ines, die am Telefon hing, genug hatte. „Wenn du dich nicht bald beruhigst, bind ich dich fest", zischelte sie ihr zu.

Carolin musste grinsen. „Dann ruf ich die Polizei."

Ines zwinkerte ihr zu, dann widmete sie sich wieder ihrem Gespräch.

Carolin schnappte sich die Fernbedienung und zappte durch das Programm. Ein Dokumentarfilm über Eisbären, eine Gerichtssendung, ein fader Krimi. *Nichts!* Carolin schaltete wieder aus. Sie schlich zum Kühlschrank und durchsuchte das Gefrierfach. Gähnende Leere. Sie holte sich einen Stuhl und überprüfte Ines'

Geheimfach für Süßigkeiten. *Nichts! Manno! Und überhaupt könnte Ines endlich mal auflegen. Unmöglich! Stundenlang das Telefon blockieren. Vielleicht hat Eberhard schon längst versucht anzurufen. Oder Nick.* Schließlich entdeckte Carolin im hintersten Eck des Verstecks noch einen alten Schoko-Osterhasen. *Na toll! Ist zwar bald Weihnachten, aber besser als nichts. Wie lange halten sich Osterhasen?* Carolin entfernte das Silberpapier. Ein leichter Grauschleier überzog bereits die ursprünglich mal dunkelbraune Schokolade. *Ihhh! Egal. Nervennahrung.* Carolin biss dem Schokotier die Ohren ab. Na ja. Schokoladig. Immerhin.

„Caro, stell dir vor, was passiert ist!", platzte in diesem Moment Ines in die Küche.

Mampfend stieg Carolin vom Stuhl. Das Telefon war endlich frei. „Keine Ahnung, was denn?"

„Das war eben Florentine."

War ja klar. Nur mit ihrer besten Freundin quatschte Ines ohne Ende. Florentine hatte eine kleine Boutique in Lilienthal. Von dort hatte ihr Ines auch das dunkelblaue Kleid mitgebracht. *Das Kleid, das ich nie wieder in meinem Leben anziehen werde.* „Ja, und?"

„Sie hat mir einen Job angeboten."

„Einen Job? Florentine? Als was? Was sollst du in einer Boutique?", wunderte sich Carolin.

Ines nahm sich ein Glas aus dem Küchenschrank und den Saft aus dem Kühlschrank.

„Du hast doch deinen Rechtsanwaltsjob?"

„Ja, schon, aber erstens füllt mich der nicht aus. Ich kann mehr, als ich dort machen darf. Und zweitens wird der Job eh immer weiter reduziert." Ines füllte den Saft in das Glas. „Und ich will nicht zu Hause rumsitzen und auf Jo warten, sondern eine sinnvolle Beschäftigung haben und auch ein bisschen Geld verdienen."

„Damit wir auch ganz sicher nicht umziehen müssen", ergänzte Carolin und sah ihre Mutter an.

Ines prostete ihr mit dem Saftglas zu. „Hätte also tatsächlich nur Vorteile." Sie deutete auf das Papier. „Was vertilgst du da eigentlich?"

„Osterhase", schmatzte Carolin. „Und was sollst du da machen?"

Ines trank einen Schluck. „Florentine will sich vergrößern und noch einen Secondhand-Laden dazunehmen. Ich soll ihr dabei ein bisschen helfen. Im Verkauf, im Sichten der Sachen und so ..."

Carolin musste grinsen. Bei Secondhand-Verkauf fiel ihr die Aktion von Thorben in der Schule wieder ein. Wie der all die guten Fummel von Julia aus dem Fenster gekippt hatte. Coole Sache!

Ines blitzte sie an. „Was ist daran so lächerlich? Denkst du vielleicht, ich kann das nicht?"

„Mam, ich ..." In diesem Augenblick klingelte das Telefon. In Windeseile war Carolin im Flur und schnappte sich den Hörer. „Ja, hallo ... Nick ... was ist passiert?"

„Alles glatt gegangen." Nicks Erleichterung war sogar durch das Telefon zu hören. „Die Typen sind geschnappt. Jan ist aus dem Schneider."

„Gott sei Dank", seufzte Carolin beruhigt. „Dann hat sich Jan ja ganz umsonst Sorgen gemacht."

„Ja, dein Eberhard und seine Kollegen haben gleich

durchgegriffen. Die Typen sind jetzt erst mal dingfest gemacht."

„Wo ist Jan jetzt? Auf Lindenhain? Ich komm!"

„Nee, Jan pennt heut Nacht noch mal bei mir. Ich soll dich grüßen."

Carolin schnaubte erleichtert in den Hörer. „Sag ihm auch Grüße von mir."

Herzlichen Glückwunsch, Jan!

Fast zeitgleich kamen sie am nächsten Tag auf Lindenhain an: Nick und Jan auf dem Motorrad, Carolin auf dem Fahrrad. Vicky kam ihnen mit weit ausgebreiteten Armen entgegengelaufen. „Janni!“, schrie sie lauthals über den ganzen Hof.

Jan drehte sich zu Carolin. „Ich hasse es, wenn sie mich so nennt“, brummte er, grinste aber dabei.

„Mann, Janni!“ Vicky fiel ihm um den Hals. „Was machst du denn für Sachen?“

Jan befreite sich aus ihrer Umarmung. „Tantchen, du erdrückst mich.“

Carolin tippte Vicky an. „Was sagt denn Gunnar?“

„Ach, alles paletti!“ Vicky strahlte über das ganze Gesicht. „Er hat Jan verziehen. Und er kann seine Arbeit hier auf Lindenhain behalten, wenn er mag. Du magst doch, oder Janni?“ Sie blickte fragend zu ihrem Neffen.

Der schaute etwas unschlüssig zu Carolin und Nick.

Carolin nickte ihm aufmunternd zu. Nick grinste. „Wenn du mich hier mit den morschen Zäunen und dem ganzen Mist allein lassen willst, vergiss es.“

„Also?“ Vicky blickte Jan mit großen Augen an.

Carolin boxte ihn in die Seite. „Wenn du darauf wartest, dass wir hier alle vor dir auf die Knie fallen, kannst du lange warten.“

Jan schmunzelte. „Okay. Ist ja ganz cool so bei euch. Mal sehen, wie's so weiterläuft.“ Ohne ein weiteres Wort schulterte er seinen Rucksack und wollte Richtung Ferienhaus davonstapfen.

„Moment!“ Vicky griff in ihre Manteltasche und holte ein kleines rotes Päckchen mit einer dunkelroten Schleife heraus. „Das ist für dich. Happy Birthday, lieber Janni.“

„Was?“, rief Carolin. „Du hast heute Geburtstag und sagst keinen Ton!“

Jan stellte seinen Rucksack ab und starrte verlegen auf das Päckchen. „Ist ja auch nicht so wichtig“, murmelte er und bekam ganz rote Ohren.

„Nicht so wichtig?“, wiederholte Carolin entsetzt. „Jeder Geburtstag ist wichtig. Wenn wir das gewusst hätten, hätten wir feiern können. Wenigstens ein bisschen.“

„Geburtstage sind mir wirklich völlig egal.“ Jans Ohren wurden immer röter. „Ich hab so was nie gefeiert.“

„Das können wir ja nachholen“, meinte Nick. „Ein kombiniertes Geburtstags- und Auf-Lindenhain-Willkommensfest sozusagen.“

„Au ja!“, jubelte Carolin. „Ich sag Thorben, Lina und Ferdi Bescheid.“

„Das machen wir.“ Auch Vicky nickte eifrig. „Wir feiern mit allen. Und ich backe den Geburtstagskuchen.“

Vicky! Geburtstagskuchen! Vicky konnte in etwa so gut backen wie Sternentänzer Schlittschuh laufen und sie schaffte es, selbst fertige Backmischungen zu ruinieren. Carolin und Nick sahen sich an und prusteten los.

„Hallo, Nick!“ Sandra und Maria kamen von einem Spaziergang zurück. „Eine große Bitte: Wir reisen morgen in aller Frühe ab, könntest du uns bitte ein Taxi bestellen?“

„Kein Thema“, meinte Nick bereitwillig. „Mach ich gern.“

Carolin sah die beiden an. „Ist eure Zeit auf Lindenhain schon vorbei?“

Sandra nickte betrübt. „Leider.“

„Zum Glück“, rief ihre Tochter freudestrahlend.

Carolin zog eine Grimasse. „Es hat ja alles ein bisschen schwierig angefangen.“

„Das mit dem Geldbeutel, stimmt.“ Sandra nickte. „Gunnar hat mir alles ersetzt. Und er sagte, der Diebstahl sei aufgedeckt. Ein Landstreicher war’s wohl, der schon seit Tagen in der Gegend rumgestreunt ist. Die Polizei hat ihn auch schon geschnappt.“

Aha, dachte Carolin. Gunnar hatte Jan offenbar nicht verpetzt.

„War meiner Mutter hoffentlich eine heilsame Lehre“, fügte Maria feixend hinzu. „Zimmer absperren kommt einfach besser.“

Carolin lächelte sie an. „Tut mir echt Leid, Maria, dass ich so wenig Zeit für dich hatte“, entschuldigte sie sich und meinte es auch so. Abgesehen davon, dass Maria nichts mit Pferden anfangen konnte, schien sie echt okay zu sein.

Maria winkte ab. „Kein Problem. Ich freu mich riesig auf zu Hause. Ohne Stallduft und Pferdeäpfel!“

Sandra legte den Arm um ihre Tochter. „Ich muss mich wohl endgültig damit abfinden, dass ich meine Tochter nie in den Sattel bekommen werde.“ Sie seufzte. „Aber man kann mir nicht vorwerfen, ich hätte es nicht versucht.“

Apropos Sattel! Siedend heiß fiel Carolin ein, dass sie Nick schon lange etwas fragen wollte. Sie nahm ihn beiseite. „Du, Nick, ich hab neulich in der Sattelkammer einen total verstaubten Sattel und ungepflegtes Zaumzeug gefunden. Hast du eine Ahnung, wo das herkommt? Oder wem das gehören könnte?“

Nick zuckte die Schultern. „Ich weiß gar nichts von einem alten Sattel.“

„Komm mit, ich zeig ihn dir!“

„Och nee, Caro! Ist doch egal, ob da ein alter Sattel liegt oder nicht.“

„Eine Minute!“

Widerwillig ließ sich Nick von Carolin in die Sattelkammer ziehen. Mit lautem Knarren drückte sie die Tür auf, machte Licht und schob Nick hinein. „Hinten ganz rechts, unten im Eck hab ich ihn gefunden und auch wieder dorthin zurückgelegt.“

Nick ächzte genervt, bückte sich, ging in die Knie, schob seinen Kopf ganz nach unten, lugte umher und richtete sich dann wieder auf. „Nee, Caro, außer ein paar Spinnweben und einer zentimeterdicken Staubschicht ist hier gar nichts. Da soll Jan morgen mal den Besen schwingen.“

Carolin drückte Nick zur Seite und spähte in die Ecke. Nichts. Kein Sattel.

„Was war denn mit dem Teil?“, fragte Nick im Gehen.

„Och, nichts“, murmelte Carolin und schloss die Tür hinter sich. *Komisch! Das hab ich mir doch nicht eingebildet. Dann hat ihn wohl jemand weggenommen.*

Jans Geburtstagsfest war nicht das erste Fest auf Lindenhain. Aber es wurde eins der schönsten, obwohl sie improvisierten. Gefeiert wurde im Stall. Nick räumte rasch ein Plätzchen frei und rollte dort ein paar Heuballen hin. Einen in die Mitte, die anderen im Halbkreis drum herum. Vicky organisierte einige Lampen, die sie auf die Fensterbänke stellte. Ferdi brachte das letzte Paket seiner Mutter mit, das voller asiatischer Reiskräcker und Glückskekse war. Lina hatte von allen ein paar Münzen kassiert und im Gemeinschaftsraum den Süßigkeitenautomaten geplündert. Thorben schleppte einen Kasten Cola an.

„So.“ Nick ließ sich auf einen Heuballen fallen und klopfte auf den neben sich. „Setz dich zu mir, Kollege!“

Jan zögerte, ließ sich dann aber doch nieder. Thorben und Lina teilten sich einen Heuballen, Ferdi zog Carolin auf einen anderen. Vicky saß ganz außen und blickte in die Runde. Sie holte tief Luft. „Leute, ich bin euch echt so dankbar, dass ihr meinen Neffen Jan so gut aufgenommen habt.“ Sie schluckte. „Er ist ein prima Junge, hat es aber im Leben nicht immer leicht gehabt. Alles, was er braucht, ist eine Chance.“

„Und die bekommt er jetzt.“ Nick klopfte Jan auf die Schulter.

Jan nickte dankbar und grinste.

Carolin sah sich um. „Wo ist eigentlich Gunnar?“

Vicky zuckte die Schultern. „Keine Ahnung. Drüben im Haupthaus ist er nicht. Er musste wohl noch mal weg.“

„Schade“, murmelte Carolin.

Thorben sprang auf und drückte jedem eine Flasche Cola in die Hand. „Dann wollen wir doch mal auf das Geburtstagskind anstoßen. Alles Gute, Jan!“

Ferdi deutete auf den Stapel Kekspackungen, die auf dem Strohballen in der Mitte lagen. „Bedient euch, Leute! Keine Ahnung, ob das Zeug schmeckt, jedenfalls soll's gesund sein.“ Er riss einen Beutel auf und nahm ein Teil heraus, dann drehte er sich zu Carolin. „Mund auf! Probier mal!“

Folgsam öffnete Carolin den Mund und zerknusperte das Teil. „Wahhhh!“, kreischte sie und hielt sich die Hand vor den Mund. „Mann, Ferdi! Spinnst du? Das brennt ja wie Feuer!“

„Oh Mist, tut mir Leid!“ Er reichte ihr eine Cola. „Trink! Das löscht das Feuer.“

Carolin schüttete die Flüssigkeit in ihren brennenden Mund. „Heftig!“

„Kein Wunder“, rief Thorben, der sich die Packung geschnappt hatte. Er zupfte an Ferdis Arm. *„Pikant plus* steht da drauf.“

Ferdi drehte sich zu Thorben. „Ich muss mal das Paket durchsuchen, ob meine Mutter auch einen Feuerlöscher dazugepackt hat“, feixte er.

Die anderen lachten.

Auf einmal ging mit lautem Gequietsche die Stalltür auf.

Alle Blicke richteten sich zum Eingang: Gunnar. Hinter ihm Sandra und Maria. Gunnar hatte seinen Cowboyhut tief in die Stirn gezogen, in der rechten Hand hielt er eine Plastiktüte. „Hab das Licht im Stall gesehen und wollte mal nachschauen", brummelte er und blieb unschlüssig in der Stalltür stehen.

Nick winkte ihn heran. „Gunnar, komm her, setz dich zu uns! Wir haben dich schon vermisst."

Carolin nickte. „Eine Feier auf Lindenhain ohne dich, das geht gar nicht."

Vicky rutschte ein Stück, lächelte Sandra an und klopfte auf den freien Platz neben sich. „Setz dich hierher, wenn du magst."

Sandra setzte sich, doch für Maria war kein Platz mehr. Suchend blickte sie zu Thorben.

Thorben sah Lina fragend an. Lina wusste, was er wollte, ohne dass er die Frage stellte. Sie lächelte leicht und nickte.

Thorben rutschte ein Stück. „Magst du dich hierher setzen?", fragte er Maria.

„Klar!" Maria lächelte dankbar.

Maria ganz eng neben Thorben. Noch vor ein paar Tagen wäre Lina aufgesprungen und wutentbrannt aus dem Stall gerauscht. Doch seit der Kleideraktion hatte sich alles geändert. Auch die Sache mit Maria. Lina kuschelte sich eng an Thorben. Sie wusste nun, dass sie für ihn das tollste Mädchen war. Und da konnte kommen, wer mochte! Heike, Maria, schnurzpiepegal!

Gunnar stapfte in die Mitte, blieb dort stehen und räusperte sich. „Leute, ich möchte euch was erklären. Ihr sollt wissen, warum ich mich Jan gegenüber so verhalten hab. Der Grund ..." Gunnar stockte, man merkte deutlich, dass ihm seine Worte nicht leicht fielen. „Nun, ist schon länger her ... aber da hat Jan mich mal beklaut und deshalb hatte ich so extreme Vorurteile ihm gegenüber, als er hier ankam. Aber inzwischen weiß ich, dass diese unbegründet sind ..." Gunnar blickte Jan an und zwinkerte ihm zu. Er zögerte einen Moment, schließlich streckte er Jan die Hand entgegen. „Tja, dann wünsch ich dir doch auch mal alles Gute zum Geburtstag, Junge."

Jan stand auf und nahm die Hand. „Vielen Dank, Gunnar", murmelte er. Dann stellte er sich dicht neben ihn, kratzte sich verlegen am Kopf, atmete tief durch, steckte seine Hände in die Hosentaschen und blickte auf den Boden. Atmete noch mal tief durch. Dann sagte er leise, ohne dass Maria und Sandra es hören konnten: „Tut mir total Leid, Gunnar. Und danke, dass du mich nicht verraten hast. Ich hab Mist gebaut. Wird nicht wieder vorkommen." Er atmete noch mal tief durch. „Danke, dass du mir noch eine Chance gibst."

Gunnar nickte. „Du sagst es. Eine Chance. Nur eine. Eine einzige. Auf Bewährung. Wenn du die vergeigst, ist es vorbei." Er sah Vicky streng an. „Da sind wir uns doch alle einig?"

Bevor Vicky antworten konnte, sprang Nick auf und klopfte Jan auf die Schulter. „Wir werden ihn hier schon auf den richtigen Weg zurückführen. Stimmt's, Leute?"

„Auf jeden Fall", riefen Ferdi und Thorben im Chor und streckten ihre Colaflaschen in die Höhe. „Auf Jan!"

Jan winkte gerührt ab. „Da gibt es noch was, was ich

euch sagen will. Ich ... ich ... find's super, wie ihr mich hier mit offenen Armen aufgenommen habt. Und ich ... na ja, ich fühl mich total wohl hier bei euch. Der Hof ist klasse, ihr seid klasse, die Gäule auch."

Gäule. Carolin schmunzelte. *Na warte, das gewöhn ich dir noch ab!*

„Und ich ..." Jan zögerte einen Moment. „Ich fühl mich hier schon richtig zu Hause. Ein Gefühl, das ich lange gar nicht mehr kannte. Ein sehr schönes Gefühl."

Carolin schluckte. Gunnar legte den Arm um Vicky und zog sie an sich und sogar in Nicks Augen glänzte es verräterisch.

Jan atmete tief durch. „Bevor ich hier noch richtig sentimental werde, hör ich auf. Was ich aber noch sagen will, ist einfach: danke, Leute! Und ganz besonders: danke Nick, danke Caro! Danke für euer Vertrauen. Ich werde euch nicht enttäuschen, versprochen."

Gunnar klopfte an eine Boxentür. „So, hiermit wäre der offizielle Teil beendet." Er kramte in seiner Einkaufstüte und zog eine Flasche Sekt heraus. „Dann wollen wir mal anstoßen auf unser neues Lindenhain-Mitglied."

„Wir haben gar keine Gläser hier." Vicky sprang auf. „Ich fetz mal ganz schnell rüber. Und bring dann auch den Geburtstagskuchen für Janni mit."

Gunnar hob drohend den Zeigefinger. „Du willst deinen Neffen doch nicht gleich wieder vergraulen. Außerdem ..." Er bückte sich und zog eine Packung Plastikbecher raus. „Zwar nicht ganz stilvoll, aber okay."

Mit einem lauten Knall entkorkte er die Sektflasche und goss einen Schluck in alle Becher. „Also, noch mal alles

Gute zum Geburtstag und herzlich willkommen bei uns auf Lindenhain."

Als sie mit allen anderen angestoßen hatten, nahm Ferdi Carolins Hand und zog sie aus dem Stall. „Auf uns, Caro", murmelte er mit glänzenden Augen.

„Auf uns, Ferdi."

Ferdi stellte die Becher weg, legte den Arm um Carolin und zog sie an sich. Sie standen sich so nahe, dass sich mit einem Mal ihre Lippen berührten. Ganz sacht, ganz weich spürte Carolin für einen kurzen Moment Ferdis Lippen auf den ihren. Ein warmes, intensives Gefühl durchströmte sie. Sie fühlte sich unbeschreiblich wohl. Sie war auf Lindenhain, alle ihre Freunde waren da, es roch herrlich nach Pferden, das Stroh raschelte, nicht weit von ihr schnaubte ihr geliebter Sternentänzer und sie lag in Ferdis Arm. Mehr Glück ging nicht! Der Schmetterling in ihrem Bauch hatte sich plötzlich in einen Riesenfalter verwandelt.

Zärtlich strich Ferdi über ihre Wange. „Ich bin total glücklich hier mit dir", raunte er ihr ins Ohr.

Carolin streckte sich wohlig. „Ich auch."

Er beugte sich etwas weiter hinunter. „Ich hab dich total lieb, Carolinchen", flüsterte er.

Carolinchen. Carolin lächelte und kuschelte sich in seinen Arm. Wie eine Welle schwappte wieder dieses intensive Glücksgefühl durch ihren Körper. „Ich hab dich auch lieb, Ferdi."

Eine Weile standen sie einfach nur eng aneinander geschmiegt da. Dann holte Ferdi geschwind eine der asiatischen Kekspackungen, die auf dem Heuballen lagen. Er öffnete sie mit einem lauten Knall und zog zwei verpackte Teile heraus. „Hier."

Carolin winkte ab. „Nein danke, einmal Feuerspucken reicht."

Ferdi grinste. „Das sind Glückskekse, die sind süß."

„Und haben eine Botschaft", ergänzte Carolin und nahm einen Keks aus seiner Hand. „Also gut. Mal sehen." Ferdi behielt den anderen. Auffordernd nickte sie ihm zu. „Du zuerst!"

Ferdi riss das Glitzerpapier auf, holte den Keks raus und knackte ihn auseinander.

„Und, was steht drauf?", drängelte Carolin.

„Sie werden hundert Jahre alt und haben ein wunderschönes Leben", las Ferdi vor.

Carolin grinste. „Nee, oder!"

„Also gut: Ein guter Freund hat eine gute und eine schlechte Nachricht für Sie", las Ferdi vor. „Typisch Glückskeks! So nach dem Motto: Morgen früh wird die Sonne scheinen, oder nicht", grinste er. Dann knüllte er den Zettel zusammen und ballerte ihn in die Ecke. „Und jetzt du!"

Carolin befreite den Keks aus seiner Glitzerhülle, brach ihn auseinander und schnappte sich den kleinen Zettel. „Große Gefühle bereiten Ihnen großen Kummer", las sie vor.

Ferdi schnappte sich den Zettel und ballerte ihn zu dem anderen. „Blödsinn, sag ich doch!"

Dann legte er wieder den Arm um sie und zog sie an sich. „Ich jedenfalls werde dir keinen Kummer bereiten. Nie, nie, nie", murmelte er zärtlich.

Carolin steckte sich ein Stück Keks in den Mund und musste plötzlich an Sternentänzers Vision denken. *Der erste Teil ist eingetroffen. Was ist mit dem zweiten Teil?*

Sternentänzer-News
Hast Du Interesse an aktuellen Informationen
über die nächsten Romane von Sternentänzer?
Dann abonniere den Sternentänzer-Newsletter –
die perfekte Info-Quelle für alle Sternentänzer-Fans!
Sende uns eine E-Mail an Sternentaenzer@panini.de,
und der nächste Newsletter geht auch an Deine
E-Mail-Adresse – kostenlos und unverbindlich!
Alle bisher erschienenen Bände erhältst Du im Buchhandel.
PANINI BOOKS
www.panini.de

ISBN 978-3-8332-1811-8

Weißt Du alles über Pferde?

NEU!

Hier kannst Du Dein Pferdewissen testen!

200 Fragen und 600 Antwortmöglichkeiten aus der faszinierenden Pferdewelt – von A wie Aufsitzen bis Z wie Zaumzeug. Jede Quizkarte enthält eine leichte Frage für Anfänger und eine knifflige Frage für Profis. Und als besonderes Extra gibt es zu jeder richtigen Antwort einen Erläuterungstext, der fachkundig informiert und das Pferdewissen vertieft.

ISBN 978-3-8332-1608-4

Jetzt überall im Handel!

PANINI BOOKS
www.panini.de